KB078928

저니맨 김태식 3

설경구 장편 소설

초판 1쇄 찍은 날 § 2017년 9월 15일
초판 1쇄 펴낸 날 § 2014년 9월 22일

지은이 § 설경구
펴낸이 § 서경석

총괄팀장 § 최하나
편집책임 § 이선근
편집 § 김슬기

펴낸곳 § 도서출판 청어람
등록번호 § 제387-1999-000006호
등록일자 § 1999. 5. 31
어람번호 § 제1-2765호

주소 § 경기도 부천시 부일로 483번길 40 서경B/D 3F (우) 14640
전화 § 032-656-4452 팩스 § 032-656-4453
http://www.chungeoram.com
E-mail § chungeorambook@daum.net

ISBN 979-11-316-91460-7 04810
ISBN 979-11-316-91421-8 (세트)

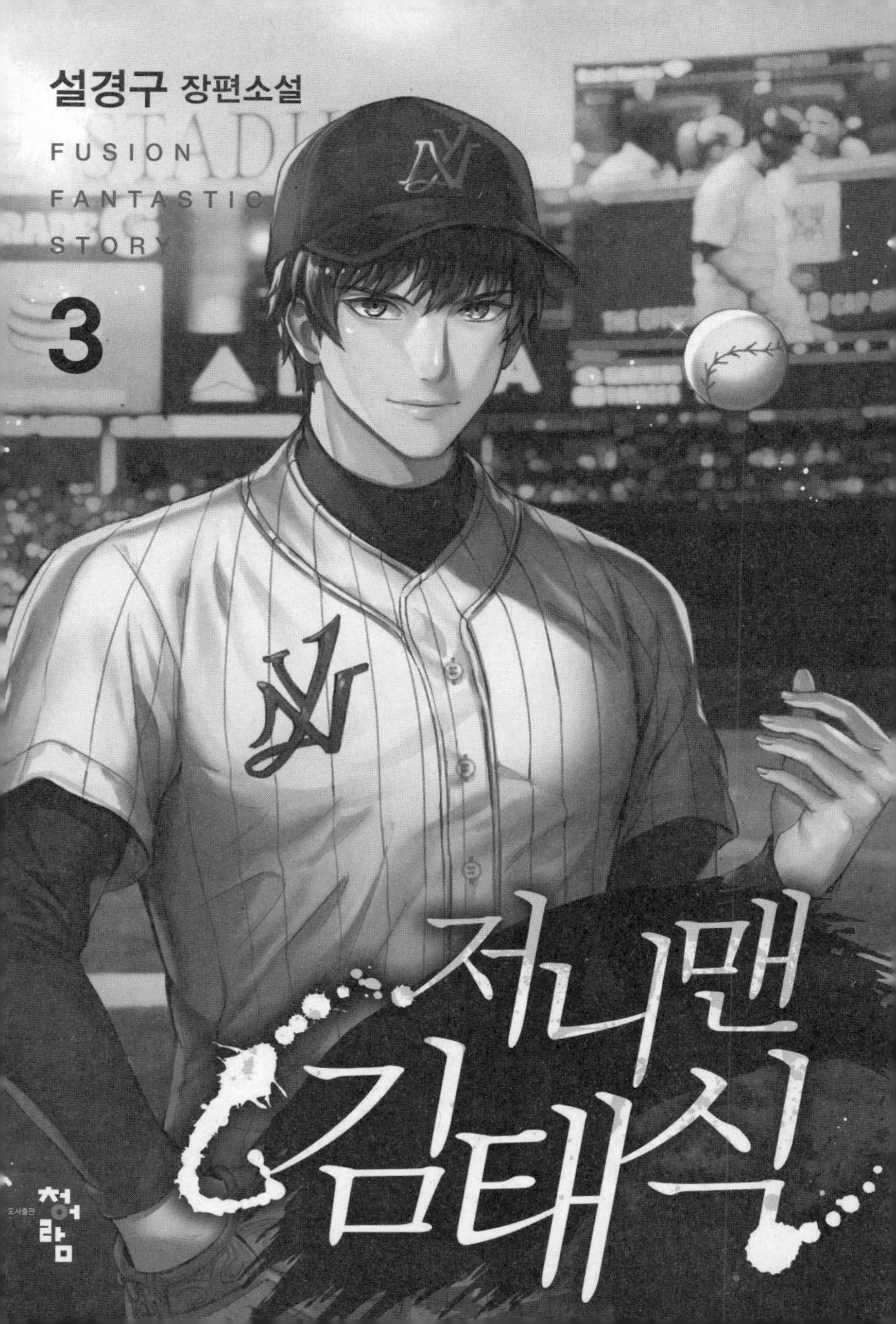
설경구 장편소설
FUSION
FANTASTIC
STORY
3
저니맨
김태식
도서출판
청어람

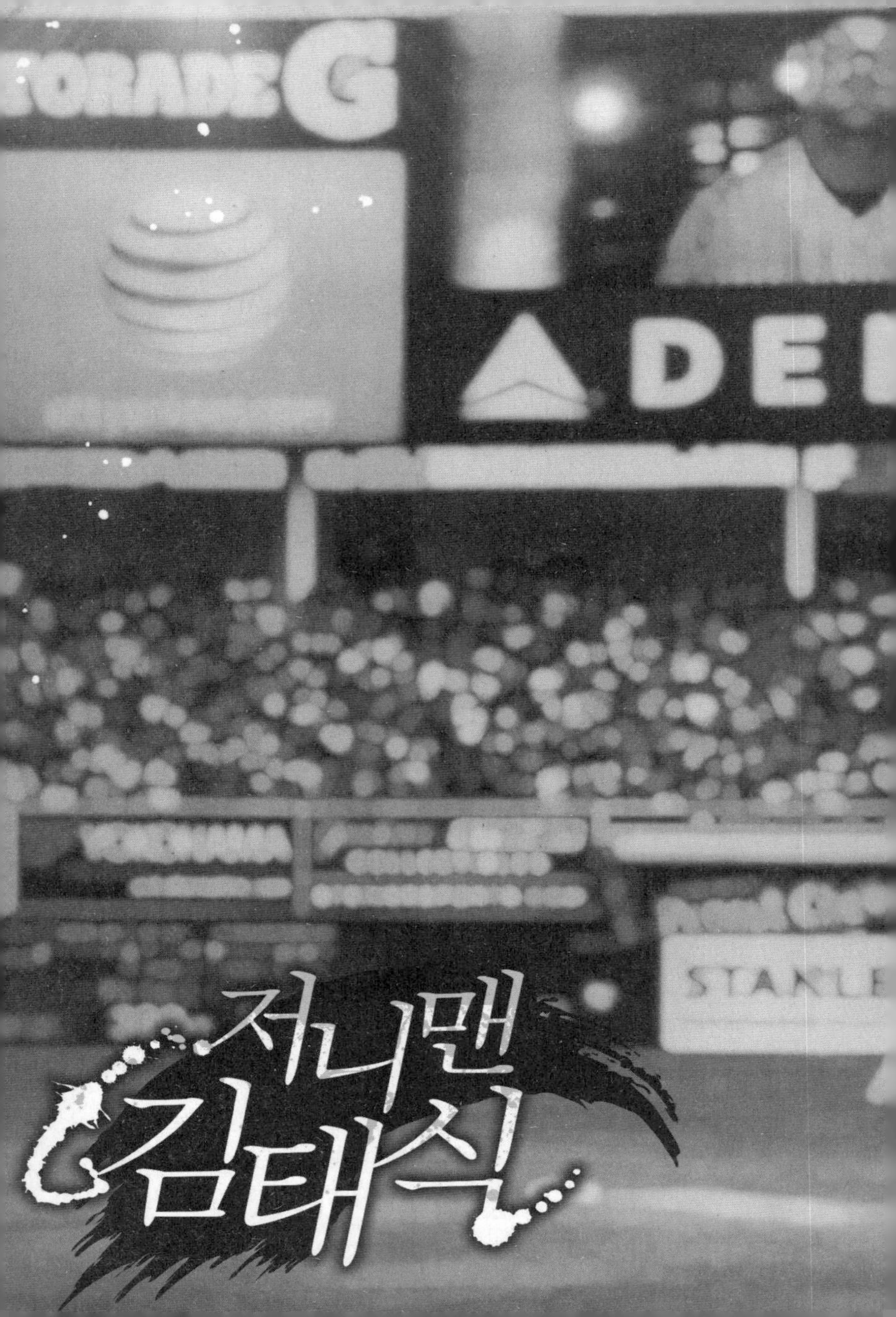
DE
STANLE
저니맨
김태식

Contents

1. 여신

"어떻게 지수 씨를 모를 수가 있어요?"

용덕수가 살짝 언성을 높였다.

'이게 비난을 받을 만한 일이야?'

지수라는 이름을 가진 여자를 알지 못했다. 그리고 모르기 때문에 모른다고 대답했을 뿐이다.

그런데 용덕수는 혀를 끌끌 차는 것으로 모자라, 살짝 언성까지 높여가면서 태식을 비난했다.

그 반응으로 인해 슬쩍 빈정이 상했지만, 태식이 꾹 참고 물었다.

"대체 지수가 누군데?"

"헐, 진짜 모르시는구나."

"네 애인이야?"

"지수 씨가 제 애인이라면 얼마나 좋을까요? 만약 그렇게만 될 수 있다면 저는 영혼이라도 팔 수 있습니다."

일말의 망설임도 없이 영혼까지 팔겠다고 선언한 용덕수가 덧붙였다.

"그나저나 어떻게 우리의 여신님을 모를 수 있으세요?"

"여신?"

"도레미 펍은 아세요?"

"도레미 펍?"

역시 처음 들어보는 이름이었다. 그래서 고개를 갸웃하며 고민하던 태식이 물었다.

"술집 이름이냐?"

"헐!"

"아냐?"

"술집 이름이 아니라 정식 명칭은 도레미 퍼블릭입니다. 그리고 팬들은 줄여서 도레미 펍이라고 불러요."

"그러니까 그게 뭐 하는 거냐고?"

"최고의 걸그룹 이름이죠."

"걸그룹? 그럼 지수인지 여신인지 하는 아가씨는 그 도레미 펍의 멤버이고?”

“빙고.”

용덕수가 고개를 끄덕인 순간, 태식이 짤막한 한숨을 내쉬었다.

원래 태식은 걸그룹에 관심이 없었다.

게다가 최근에는 스마트폰은 물론이고, 아예 TV도 보지 않는 상황이라서 어떤 걸그룹이 인기가 있는지 전혀 몰랐다.

당연히 도레미 퍼블릭이란 요상한 이름의 걸그룹 명칭도 들어본 적이 없었다.

“도레미 펍은 4인조 걸그룹이고, 지수 씨는 도레미 펍의 리더예요. 노래에 댄스, 연기까지. 못하는 게 없는 팔방미인이죠. 그리고 얼마 전에 지수 씨가 주연으로 출연한 영화가 대박이 나면서 여신이란 칭호를 얻었어요.”

용덕수가 입에서 침을 튀기며 열변을 토했다.

시큰둥한 표정으로 그 설명을 모두 들은 태식이 물었다.

“누가 더 유명해?”

“누구요?”

“그 지수란 아가씨와 너. 둘 중 누가 더 유명하냐고?”

“저… 요?”

“그래. 너도 월드 스타잖아.”

“에이, 저하고 지수 씨는 감히 비교할 수 없죠. 저야 반짝

이슈가 되다가 말겠지만, 지수 씨는 머잖아 대한민국을 대표하는 가수이자 배우로 등극할 여신이거든요."

손사래까지 치면서 용덕수가 필사적으로 자신을 낮췄다.

그 모습을 지켜보고 있던 태식은 자신이 정작 중요한 질문을 빼먹었다는 사실을 뒤늦게 깨달았다.

"그런데?"

"네?"

"방금 네가 말한 도레미 펍의 멤버인 지수라는 아가씨가 유명한 건 알겠어. 그리고 네가 영혼까지 팔 정도로 좋아한다는 것도 알겠고. 그런데 갑자기 왜 지수라는 아가씨 때문에 밤잠을 설치고 있는 거야? 꿈에라도 나왔어?"

"뭐야? 진짜 모르세요?"

"내가 또 뭘 모르는데?"

"내일 홈경기요."

"……?"

"지수 씨가 시구자로 나서잖아요."

"지수라는 아가씨가 시구자로 나선다고?"

"진짜 모르셨나 보네."

용덕수가 또 한 번 혀를 찼다.

그런 그의 표정은 대체 어떻게 이렇게 중요한 것을 모르고 살 수 있느냐는 듯 한심하기 짝이 없는 표정이었다.

"당연히 몰랐지. 관심이 없으니까."

"하지만……."

"그리고 아무도 알려주지 않았으니까."

태식이 쓰게 웃으며 대꾸했다.

의도치 않게 월드 스타 반열에 오른 용덕수와 태식의 팀 내 입지는 전혀 달랐다.

팀 내에서 막내 축에 속하는 용덕수에게는 팀원들이 편하게 대하며 접근하는 경향이 있었다.

그와 대조적으로 최고참 축에 속하는 태식을 상대로는 불편하고 어려워하는 경향이 역력했다.

게다가 용덕수에게는 의도치 않게 월드 스타로 뛰어올랐다는 화젯거리가 있었지만, 태식에게는 그조차도 없었다.

해서 태식은 아직 팀원들과 제대로 대화를 나눈 적이 없었다.

'어렵네!'

이미 여러 차례 텃세를 경험했다.

그 경험들 덕분에 예전과는 다른 방식으로 접근하고 있었다. 그렇지만 텃세를 극복하는 것은 여전히 지난한 작업이었다.

'하나씩. 하나씩.'

이미 태식은 서두르지 않기로 결심한 상태였다.

우선 홈 팬들의 마음을 돌리고, 이철승 감독의 신뢰를 얻고 나면, 팀원들에게서도 서서히 변화가 생길 터였기 때문이다.

그러나 문제는 시간.

너무 오랜 시간이 걸리는 것은 곤란했다.

태식을 위해서가 아니었다.

심원 패롯스의 성적이 반등한 후 꾸준한 성적을 내기 위해서는 하나의 팀으로 뭉쳐야 하기 때문이었다.

'어떤 계기가 있으면 좋을 텐데!'

짤막한 한숨을 내쉰 태식이 다시 입을 뗐다.

"어쨌든 그 지수라는 아가씨가 시구자로 나서는 것과 네가 잠을 못 이루는 것 사이에 어떤 연관이 있는 거지?"

"당연히 연관이 있죠."

"……?"

"여신님을 가까이서 볼 수 있잖아요."

"그럼 뭐가 달라지는데?"

"혹시 압니까? 악수라도 한번 할 수 있을지. 여신인 지수 씨와 손을 잡으면 얼마나 좋을까요?"

용덕수가 흑심을 감추지 않고 드러낸 순간, 태식이 고개를 흔들며 말했다.

"아마 그럴 기회는 없을걸."

"에이, 김새게 왜 그런 말씀을 하세요? 막말로 사람 앞일은 누구도 알 수 없는 것 아닙니까?"

"네 말대로 정확히 알 수는 없지만, 대충 예상은 할 수 있지."

태식이 씩 웃으며 말한 순간, 용덕수가 두 눈을 빛냈다.

"어떤가요?"

마치 점쟁이와 마주 앉은 것처럼 용덕수가 질문했다.

"뭐가?"

"제가 지수 씨와 악수할 수 있습니까?"

"아니."

태식이 딱 잘라 말하자, 용덕수가 입술을 부풀렸다.

"그걸 선배님이 어떻게 아시는데요?"

"너의 팀 내 입지가 단단하지 않으니까."

"그렇지만……."

"네가 여신이라 부르고 있는 지수라는 아가씨도 누구와 친하게 지내야 하는지 정도는 알 거야. 감독님과 먼저 인사하고 주장인 대희나 만호, 또는 명기 정도와 인사를 나누겠지. 아마 너와 나는 안중에도 없을걸."

쉽게 미련을 버리지 못하던 용덕수가 풀 죽은 목소리로 입을 뗐다.

"듣고 보니 그렇긴 하네요."

"덕수야."

"네."

"쓸데없는 생각 말고 내일 경기에 집중해."

"알겠습니다."

"불 꺼라. 이제 진짜 자자."

태식이 픽 웃으며 이불을 끌어당겼다.

'너무 냉정했나?'

시구자로 도레미 퍼블릭이란 걸그룹의 리더인 지수라는 아가씨가 나선다는 얘기를 듣고서 용덕수는 흥분과 기대에 차 있었다.

그런 용덕수의 기대를 너무 매몰차게 무너뜨린 것이 아닌가 하는 생각이 들어서 조금 미안한 마음이 드는 것은 사실이었다.

그러나 태식은 이내 고개를 흔들었다.

괜한 기대에 들떠 있다가는 용덕수가 밤새도록 잠을 설칠 가능성이 높았다. 그로 인해 컨디션이 저하돼서 내일 경기를 망칠 수도 있었고.

트레이드를 통해 심원 패롯스에 합류한 지 얼마 지나지 않은 시점.

지금은 매 경기가 중요했다.

자신의 말이 냉정하게 느껴져서 조금 서운함을 느끼더라도,

오히려 이 편이 낫다는 생각이 들었다.

'나도 이제 자야지!'

태식이 두 눈을 감고 이내 잠에 빠져들었다.

그리고.

당시만 해도 태식은 몰랐다.

사람의 앞일은 누구도 알 수 없다는 용덕수의 말이 옳았다는 것을.

*   *   *

"야구 좋아해?"

운전하고 있던 매니저 강철민이 던진 질문에 지수가 고개를 흔들었다.

근래 야구 경기를 제대로 본 적이 거의 없었다.

심지어 어떤 야구 선수가 유명한지도 모르는 상황이었고, 작년에 우승을 차지한 팀이 어디인지도 몰랐다.

지수가 알고 있는 지식이라고는 축구는 11명, 야구는 9명이 경기를 한다는 교과서에서 배운 정도가 다였다.

"별로. 그래서 시구하기 싫다니까."

해서 지수가 마뜩잖은 표정으로 쏘아붙였지만, 강철민은 그게 무슨 말도 안 되는 소리냐는 듯 서둘러 말했다.

"야, 그게 무슨 망발이야? 요새 시구를 하고 싶어 하는 여자 연예인들이 얼마나 많은지 알아? 일렬종대로 줄을 세우면 족히 몇 킬로미터는 늘어설걸."

"또 오버한다."

"야, 오버가 아니라니까. 시구, 아무나 하는 거 아니다. 이게 얼마나 좋은 기회인데 그런 소릴 해? 너도 알잖아? 시구하고 나서 확 뜬 애들이 얼마나 많은지."

지수도 이번에는 반박하지 못하고 입을 다물었다.

최근 들어서 여자 연예인들이 시구를 하고 싶어 한다는 것은 사실이었다.

수많은 야구팬들의 관심을 끌어서 단숨에 인지도를 끌어올릴 수 있기 때문이었다.

물론 조금 전 강철민의 표현처럼 일렬종대로 몇 킬로미터나 줄이 늘어서 있는 정도는 아니었지만, 시구를 하고 싶어 하는 여자 연예인들이 무척 많다는 사실만큼은 부인할 수 없었다.

실제로 시구를 하고 나서 인지도가 확 올라간 여자 연예인들도 꽤 있었다.

특이한 폼으로 시구를 하거나, 예뻐 보이기 위해서 노력하는 대신 표정이 일그러지는 것을 두려워하지 않고 혼신의 힘을 다해서 시구를 한 여자 연예인은 야구팬들 사이에서 큰 화제가 되면서 인지도가 갑자기 올라갔다.

"네가 이번 시구를 하도록 만들기 위해서 대표님이 얼마나 애를 쓴지 알면 그런 소리 절대 못 할걸."

"……."

"지수야, 내 말 잘 들어. 이건 너한테도 좋은 기회야. 그리고 별로 어려울 것도 없잖아. 가서 공 한 번만 던지고 오면 끝이야."

강철민의 말은 이번에도 틀린 부분이 없었다.

소속사 대표님은 지수가 시구를 할 수 있도록 만들기 위해서 공을 꽤 들인 것으로 알고 있었다.

물론 지수를 위해서만은 아니었다.

지수가 시구를 한 후에 아직 인지도가 모자란 소속사의 다른 연예인들을 시구자로 만들기 위한 포석이었다.

어쨌든.

강철민의 말처럼 시구를 하는 것은 그리 어려운 일이 아니었다.

그렇지만 지수의 표정은 여전히 밝아지지 않았다.

"그래도… 내키지 않아!"

매니저인 강철민에게 들리지 않도록 지수가 작게 혼잣말을 꺼냈다.

그녀의 솔직한 내심은 야구장에 찾아가는 것부터 내키지

않았다.

그러나 이제 와서 되돌리기에는 너무 늦어 있었다.

"시구할 때 폼이 엉성할 것 같아서 걱정하는 거야? 그것 때문이라면 너무 걱정할 것 없어. 야구장에 도착하면 홈팀인 심원 패롯스의 주장 김대희 선수가 원 포인트 코칭을 해주기로 했으니까."

심원 패롯스라는 팀명도, 김대희라는 선수도, 지수에게 낯설기는 마찬가지였다.

"이번 기회에 나도 사인 좀 받아야겠다. 넌 잘 모르겠지만 김대희 선수가 야구팬들 사이에서는 엄청 유명하거든. 아, 김대희 선수가 사용하는 배트나 글러브 하나만 얻을 수 있으면 진짜 좋을 텐데. 어떻게 안 되려나?"

"……."

"네가 부탁하면 들어줄 것 같은데."

룸미러로 지수의 표정을 살피며 강철민이 넌지시 말을 꺼냈다.

야구를 좋아하지도 않고 관심도 없는 지수와는 달리, 매니저인 강철민은 열렬한 야구팬이었다.

그래서일까.

지수가 원하지도 않았는데, 제대로 알아들을 수도 없는 야구와 관련된 이야기를 꺼내기 시작했다.

또, 김대희 선수에게 배트나 글러브를 하나 달라는 부탁을 대신 해달라고 지수에게 넌지시 종용까지 했다.

그렇지만 지수는 대답하는 대신, 입을 다물었다.

그럴 생각도 없었고, 그런 부탁을 들어줄 이유도 없었기 때문이다.

그사이에도 강철민은 계속 야구에 관한 이야기를 이어갔다.

"잘 모르는 것 같으니까 김대희 선수가 얼마나 대단한지 알려줄게. 작년에 김대희 선수가 FA 시장에서 얼마에 계약했는지 알아? 무려 80억이야, 80억. 그리고 프로야구 선수의 실력은 연봉에 비례하는 법이고. 이제 김대희 선수가 얼마나 야구를 잘하는지 알겠어? 그리고 심원 패롯스에는 김대희 선수만 있는 게 아냐. 강만호 선수도 꽤 유명하지. 국내 최고의 공격형 포수로 손꼽히고 있는 강만호 선수는……."

"오빠."

"응?"

"나 졸려!"

강철민의 이야기에 흥미를 잃어버린 지수가 이어폰을 귀에 꽂았다.

인순이의 '아버지'.

귀에 꽂은 이어폰을 통해서 가장 좋아하는 곡이 흘러나오기 시작한 순간 지수가 두 눈을 감았다.

　파르르.

　그런 그녀의 눈꺼풀이 이내 가늘게 떨리기 시작했다.

2. 원 포인트 코칭

심원 패롯스와 대승 원더스의 3연전 첫 경기.

이번 3연전은 양 팀 모두에게 중요한 경기들이었다.

심원 패롯스 입장에서는 지난주에 벌어진 6경기에서 5승 1패를 거두면서 반등의 기틀을 마련했으니, 현재 리그 선두를 달리고 있는 대승 원더스를 상대로 최소 위닝 시리즈 이상을 거두며 반등의 기지개를 확실히 펴야 했다.

대승 원더스의 입장은 또 달랐다.

어렵사리 리그 선두를 탈환하는 데 성공했지만, 여전히 불안한 선두였다.

이번 3연전에서 스윕을 거두어서 선두 경쟁에서 확실히 우위를 점하며 치고 나가는 것이 필요했다.

그래서일까.

두 팀의 3연전은 팬들의 많은 주목을 받았고, 평일 경기임에도 불구하고 표가 매진되면서 관중이 가득 들어차 있었다.

아직 경기가 시작되기 한참 전임에도 이미 2/3 이상 들어찬 관중들을 살피던 태식이 입을 뗐다.

"그 말이 맞네."

"어떤 말요?"

"관중 수는 팀 성적에 비례한다는 말. 심원 패롯스의 성적이 반등하니까 관중 수가 늘어났잖아. 그리고 팬들도 오늘 경기가 중요한 걸 아는 거고."

"형 말씀처럼 오늘 경기가 중요하긴 하죠. 그렇지만 평일, 그것도 화요일 경기에 관중이 가득 들어찰 정도로 중요하진 않습니다. 오늘 경기에 관중이 꽉 들어찬 데는 다른 이유가 있습니다."

"다른 이유?"

"지수 씨가 시구자로 나선다고 말씀드리지 않았습니까?"

용덕수는 확신에 찬 목소리로 말했지만, 태식은 순순히 믿기 어려웠다.

"설마 그 이유 때문에……."

"설마가 아니라니까요. 지수 씨 인기가 얼마나 많은지 형이 모르기 때문에 그런 말씀을 하시는 겁니다."

"지수라는 아가씨의 인기가 그 정도로 대단해?"

"네. 곧 도착할 때가 됐는데."

훈련에 집중하지 못하고 더그아웃 쪽을 살피기 바쁜 용덕 수에게 태식이 막 한 소리를 하려고 했을 때였다.

"왔습니다!"

"누가 와?"

"여신님이 진짜 오셨습니다."

용덕수가 비명을 지르듯 소리친 말을 들은 태식이 고개를 돌렸다.

심원 패롯스의 하얀색 유니폼 상의를 입은 앳된 아가씨가 쭈뼛거리며 더그아웃으로 들어오는 모습이 보였다.

"직접 보시니 어떠세요?"

"뭐가?"

"진짜 예쁘지, 아니, 아름답지 않습니까?"

더그아웃에 등장한 지수라는 아가씨에게서 잠시도 눈을 떼 지 못하며 용덕수가 상기된 목소리로 물었다.

용덕수가 벌어진 입을 다물지도 못한 채 바라보고 있는 지 수라는 아가씨는 태식이 보기에도 예뻤다.

등까지 내려오는 긴 생머리, 오밀조밀한 이목구비, 동양적 매력과 서양적 매력이 공존하는 마스크를 가진 지수라는 아가씨는 분명히 대단한 미인이었다.

"예쁘긴 하네."

해서 태식이 대답하자, 용덕수가 눈썹을 추켜올렸다.

"그게 다입니까?"

"응?"

"지수 씨를 직접 보셨는데 고작 예쁘긴 하네, 라는 무성의한 말씀이 다입니까? 이건 지수 씨의 아름다움을 모독하시는 겁니다."

언성까지 높여가며 따지는 용덕수를 살피던 태식이 다시 입을 뗐다.

"덕수야."

"네."

"내가 못생겼다고 말했으면 한 대 쳤을 기세다."

"그건 아니지만……."

"훈련이나 마저 끝내자."

태식이 말했지만, 용덕수는 여전히 더그아웃 쪽에서 시선을 떼지 못했다.

더 탓하기도 귀찮아서 태식이 스트레칭에 집중하고 있을 때였다.

"형! 형!"

"또 왜?"

"절 봤어요."

"누가?"

"지수 씨요. 지수 씨가 계속 저를 보고 있다고요."

용덕수가 호들갑을 떨었다.

끝내기 홈런을 때렸던 당시보다 더 격앙되어 있는 용덕수의 목소리를 들은 태식이 실소를 흘렸다.

"네가 착각한 거겠……."

무심코 더그아웃 쪽으로 고개를 돌렸던 태식이 도중에 입을 다물었다.

용덕수의 말이 옳았다.

도레미 퍼블릭의 리더이자 오늘 경기의 시구자로 내정된 지수라는 아가씨는 용덕수를 바라보고 있었다.

"맞죠? 지수 씨가 절 보고 있는 것 맞죠?"

재차 확인하기 위해서 묻는 용덕수에게 막 대답하려던 태식이 멈칫했다.

'덕수가… 아닌가?'

지수의 시선은 용덕수가 있는 곳으로 향해 있기는 했다. 그러나 지수의 시선은 용덕수가 아니라 자신에게로 고정되어 있었다.

'왜… 날 보는 거지?'

분명히 태식은 지수와 일면식도 없는 사이였다. 그리고 태식은 딱히 유명한 선수도 아니었다.

그런데 왜 지수가 자신을 바라본단 말인가?

태식이 영문을 알지 못해 의아함을 품었을 때였다.

삐이이익!

훈련 종료를 알리는 호각 소리가 길게 울려 퍼졌다.

*　　　　　*　　　　　*

"선배님, 진짜 부럽습니다."

"아, 저도 원 포인트 코칭 잘할 수 있는데 말입니다."

"진심 부럽다."

"야, 김대희. 컨디션 안 좋으면 내가 대신할 수도 있는데."

후배와 동기, 선배를 가리지 않고 자신을 찾아와서 일제히 질투 어린 시선을 던졌다.

심지어 한 동료는 FA 대박 계약을 맺었던 것보다 도레미 퍼블릭의 리더인 지수에게 원 포인트 코칭을 하는 게 더 부럽다는 말까지 했을 정도였다.

그 말들이 떠오른 순간 김대희가 실소를 머금었다.

비록 오늘 경기에서도 김태식에게 밀려 선발 라인업에서 제외됐지만, 김대희의 기분은 최악은 아니었다.

그 이유는 오늘 시구자로 나서는 걸그룹 도레미 퍼블릭의 리더인 지수의 원 포인트 코칭을 맡았기 때문이다.

겉으로 내색하지 않기 위해 애썼지만, 지수를 직접 만난다고 생각하니 기분이 들뜨는 것은 어쩔 수 없었다.

김대희도 지수의 팬이었기 때문이다.

"곧 열애설 터지는 것 아닙니까?"

후배인 최순규가 넌지시 던졌던 말이 떠오른 순간, 김대희의 입가에 떠올라 있던 미소가 짙어졌다.

유명 스포츠 스타와 인기 연예인의 열애설은 종종 터지는 편이었다.

김대희도 실력과 인지도를 갖춘 스포츠 스타 중 한 명인 만큼, 지수와 사귈 수 있는 가능성은 열려 있었다.

"나쁘지 않지."

수많은 남성 팬들을 거느리며 여신이라고 불리고 있는 지수와 사귀는 상상만으로도 짜릿했다.

그때, 더그아웃으로 심원 패롯스 유니폼 상의를 갖춰 입은 지수가 들어왔다.

"인사드려. 심원 패롯스의 이철승 감독님이시다."

동행한 매니저가 지수에게 이철승 감독을 가장 먼저 소개했다.

"오늘 시구를 맡게 된 지수라고 합니다. 잘 부탁드립니다."

"반가워요. 지수 씨 시구가 있어서인지 오늘 경기에 우리 팀 팬들이 많이 찾아왔으니까 멋진 시구 부탁해요."

"네, 최선을 다하겠습니다."

김대희가 이철승 감독과 인사를 나누는 지수를 빤히 바라보았다.

이미 TV와 브라운관에서 지수를 본 적이 많았다.

그렇지만 직접 얼굴을 마주하는 것은 이번이 처음이었다.

가까이서 직접 본 지수는 예뻤다.

키가 165㎝ 정도 될까?

키가 큰 편은 아니었지만, 워낙 비율이 좋았다.

'연예인은 확실히 다르구나!'

스키니진을 입은 지수의 쭉 뻗은 다리를 김대희가 감탄하며 바라보고 있을 때, 이철승 감독과 인사를 마친 지수가 앞으로 다가왔다.

"여기는 김대희 선수. 심원 패롯스 팀의 주장을 맡고 있고, 오늘 시구를 위해서 원 포인트 코칭을 해주실 거야."

"네. 잘 부탁드릴게요."

지수가 살짝 고개를 숙여 인사한 순간, 김대희가 목소리를 가다듬은 후 말했다.

"너무 긴장하실 것 없습니다. 제가 알려 드리는 대로만 하시면 야구팬들의 기억에 남을 최고의 시구를 하실 수 있을 겁니다. 자, 이제 남은 시간이 얼마 없으니 바로 원 포인트 코칭을 하러 이동하시죠."

김대희가 몸을 돌려 앞장섰다.

아까 말한 대로 시간이 별로 없었다.

원 포인트 코칭을 하면서 지수와 친분을 쌓은 다음 연락처까지 물어볼 생각을 하니 마음이 조급했다.

해서 서둘러 걸음을 옮기던 김대희가 곧 멈춰 섰다.

자신의 뒤를 따라오는 지수의 발소리가 들려오지 않았기 때문이다.

"왜 안 따라오시고……?"

더그아웃 안에 우두커니 서 있는 지수를 발견하고 재촉하던 김대희가 도중에 말을 멈추었다.

그녀의 시선이 그라운드로 향해 있는 것을 확인했기 때문이다.

'누굴 보는 거지?'

김대희가 그녀의 시선이 향해 있는 곳을 따라갔다.

그녀의 시선 끝이 다다른 곳에 서 있는 것이 용덕수와 김태식임을 확인하고 김대희가 인상을 굳혔다.

'용덕수… 인가?'

경기 전 훈련을 끝내고 더그아웃으로 돌아오는 두 사람을 바라보던 김대희가 떠올린 것은 용덕수였다.

얼마 전, 끝내기 홈런을 때린 후 3루에서 슬라이딩을 하는 어리버리한 플레이를 펼친 것이 ASPN을 비롯한 외신에까지 소개되면서 유명세를 탄 용덕수에 대해서 지수도 알고 있을 확률이 높았다.

'저런 생짜 신인에게까지 밀리다니!'

김대희가 슬쩍 미간을 찌푸렸다.

예상은 빗나가지 않았다.

지수는 훈련을 마치고 더그아웃으로 들어오는 용덕수의 앞으로 먼저 다가갔다.

"안녕하세요."

지수가 먼저 인사를 건넨 순간, 용덕수의 몸이 뻣뻣하게 굳는 것이 보였다.

당황해서일까.

말문이 막힌 채 입을 헤 벌리고 있던 용덕수가 한참 만에야 간신히 정신을 차리고 입을 뗐다.

"처음 뵙겠습니다. 저는… 월드 스타 용덕수라고 합니다. 이렇게 만나 뵙게 돼서 영광입니다."

용덕수가 손을 내밀어 지수에게 악수를 청했다. 그러나 지수는 앞으로 내밀어진 용덕수의 손을 잡지 않았다.

그대로 용덕수의 곁을 스쳐 지나가서 김태식의 앞으로 다가갔다.

"원 포인트 코칭. 해주실 수 있나요?"

김태식의 앞에 선 지수가 꺼낸 말을 듣고서 김대희가 두 눈을 부릅떴다.

*   *   *

"처음 뵙겠습니다. 저는… 월드 스타 용덕수라고 합니다. 이렇게 만나 뵙게 돼서 영광입니다."

도레미 퍼블릭의 리더인 지수가 먼저 다가온 순간, 용덕수의 몸이 뻣뻣하게 굳어지는 것이 보였다.

"풉!"

잠시 뒤, 간신히 정신을 수습한 용덕수가 꺼낸 인사말을 듣고서 태식은 하마터면 입에 머금고 있던 물을 뿜을 뻔했다.

용덕수가 자기 입으로 월드 스타라고 소개할 줄은 몰랐기 때문이다.

'덕수 말이 맞았네!'

그 순간, 태식이 떠올린 것은 간밤에 용덕수가 했던 말이었다.

"사람 앞일은 누구도 알 수 없는 것 아닙니까?"

도레미 퍼블릭의 리더인 지수와 악수를 나누고 대화를 할 기회는 절대 찾아오지 않을 거라고 태식이 단언했을 때, 용덕수가 억울한 표정으로 꺼냈던 말이었다.

이제 와 보니 태식이 틀렸고, 용덕수가 옳았다.

용덕수는 어느덧 지수와 악수를 나누기 일보 직전이었다.

'이럴 때는 잽싸네!'

자신에게 찾아온 절호의 기회를 놓치지 않기 위해서 악수를 청하며 먼저 손을 앞으로 내밀고 있는 용덕수를 확인한 태식이 실소를 머금었을 때였다.

"원 포인트 코칭. 해주실 수 있나요?"

지수는 용덕수가 앞으로 내밀고 있던 손을 외면했다.

용덕수를 그대로 지나친 지수는 태식의 앞에 다가와 있었다.

"저한테… 하신 말씀인가요?"

"네, 맞아요."

태식이 두 눈을 연신 깜박였다.

지금 상황이 제대로 이해가 가지 않았다. 그리고 지금 상황이 이해가 가지 않는 것은 다른 팀원들도 마찬가지인 듯했다.

여신이라 추앙하고 있는 지수와 손을 잡을 수 있는 기회를 놓쳐 버린 용덕수는 세상을 잃은 사람처럼 허망한 표정을 지은 채 서 있었다.

김대희는 지금 자신의 눈앞에서 벌어지고 있는 상황이 믿기지 않는다는 표정으로 바라보고 있었다.

다른 팀원들의 반응도 엇비슷했다.

일제히 움직임을 멈춘 채 불신 어린 눈빛으로 지수와 마주서 있는 태식을 바라보고 있었다.

심지어 이철승 감독을 비롯한 코칭스태프들도 비슷한 반응이었다.

그렇지만.

지금 상황에 가장 놀라고 당황한 것은 태식이었다.

'왜?'

태식이 두 눈을 가늘게 좁혔다.

아까 그라운드에서 훈련을 할 때, 더그아웃에 서 있던 지수의 시선은 태식에게로 향해 있었다.

그렇지만 당시의 태식은 이내 고개를 흔들며 착각일 거라고 판단했다.

그 이유는 지수가 그리 유명한 선수도 아닌 자신을 알고 있을 리가 없다고 생각했기 때문이다.

그런데 착각이 아니었다.

지금 자신의 앞으로 다가와 시구를 앞두고 원 포인트 코칭을 부탁하는 지수의 모습이 착각이 아니었다는 증거였다.

어쨌든.

여전히 의문은 풀리지 않은 상황이었다.

지수가 왜 하필 자신에게 이런 부탁을 꺼낸 것인지 태식은 영문을 알 수 없었다. 그래서 말문이 막혀 버린 태식이 선뜻 대답을 꺼내지 못하고 있을 때였다.

"지수야. 너, 왜 이래?"

당황한 기색이 역력한 매니저 강철민이 끼어들었다.

"아까도 얘기했듯이 시구 전에 원 포인트 코칭은 심원 패롯 스의 주장인 김대희 선수가 맡아서 진행해 주기로……."

"싫어."

"……?"

"원 포인트 코칭. 김태식 선수에게 받고 싶어."

지수가 매니저의 이야기가 끝나기도 전에 딱 잘라 말했다.

여전히 자신을 바라보면서 지수가 거절의 말을 꺼낸 순간, 태식은 두 가지 이유 때문에 놀랐다.

우선 지수의 당찬 태도가 의외였다.

오늘 처음 마주한 지수의 외모는 여렸다.

청초한 수선화처럼 여린 외모는 남자들의 보호 본능을 자극하기에 충분했다. 어쩌면 지수의 저 여린 외모가 숱한 남자 팬들을 사로잡은 비결일지도 모른다는 생각이 들 정도로.

그런데 정작 자신의 주장을 굽히지 않고 개진하는 당찬 지수의 태도는 여린 외모와는 정반대였다.

또 하나 의외인 것은 지수가 태식에 대해 알고 있다는 점이었다.

방금 전 지수는 분명히 김태식 선수에게 원 포인트 코칭을 받고 싶다고 말했다.

"저를… 아시나요?"

"네. 예전부터 알고 있었습니다."

'예전부터 알았다고?'

이것 역시 예상치 못했던 대답이었다.

해서 태식의 의아함이 깊어졌을 때, 지수가 시선을 맞추며 다시 물었다.

"원 포인트 코칭. 해주실 수 있나요?"

잠시 망설이던 태식이 고개를 끄덕였다.

"해드리죠."

원 포인트 코칭을 해주는 것이 그리 어려운 일은 아니었다. 그래서 태식이 승낙하자, 지수의 표정이 밝아졌다.

"감사합니다."

'웃으니까 더 예쁘군!'

환하게 웃는 지수를 보며 태식이 속으로 생각하고 있을 때, 용덕수가 곁으로 다가와서 귓속말을 했다.

"형! 제 말이 맞았죠?"

"무슨 소리야?"

"사람 앞일은 정말 한 치도 모르겠네요."

3. 시구

"우선 공을 한번 던져볼래요?"

태식이 제안했다.

이런 제안을 먼저 한 이유는 경기 전에 시구를 할 지수의 수준을 알아보기 위함이었다.

"네."

작게 고개를 끄덕인 지수가 공을 받겠다고 자원해서 앉아 있는 용덕수 쪽을 보며 투구 준비를 했다.

슈악!

잠시 뒤 지수가 던진 공이 용덕수의 앞으로 날아갔다.

"나이스 피치!"

원 바운드로 들어간 공을 잡은 용덕수의 리액션은 컸다.

예전 태식이 던진 공을 처음으로 받았을 때 못지않았다.

지수의 투구를 곁에서 지켜본 태식도 작게 고개를 끄덕였다.

투구 폼이 엉성한 부분이 있긴 했지만, 선수 경험이 없는 일반인, 그것도 여성임을 감안하면 자세가 괜찮은 편이었다.

해서 태식이 수줍어하는 지수에게 물었다.

"야구, 좋아해요?"

"별로 안 좋아해요."

"그래요?"

"어릴 적에는 좋아했어요. 그리고……."

"……?"

"다시 야구가 좋아질 것 같아요."

환하게 웃으며 말하는 지수를 보던 태식이 속으로 다짐했다.

'기왕 하는 것, 제대로 하자!'

비록 연예인들에게는 관심이 거의 없었지만, 태식도 야구 선수라 시구를 한 후에 화제가 되면서 인지도가 급상승한 여자 연예인들의 시구 영상들은 찾아본 편이었다.

어차피 원 포인트 코칭을 맡기로 한 마당이니, 지수의 시구도 팬들 사이에서 화제가 되도록 만들어주고 싶었다.

"운이 좋았어요."

"네?"

"꽤 괜찮은 투수 코치를 만났으니까요."

태식이 씩 웃으며 덧붙였다.

영문을 모르겠다는 표정을 짓고 있는 지수에게 친절하게 설명을 해줄 정도로 시간이 넉넉지 않았다.

말 그대로 원 포인트 코칭인 만큼 태식과 지수에게 주어진 시간은 길지 않았다.

그 사실을 잘 알고 있는 태식이 선택한 것은 변칙 투구가 아니라 정석 투구였다.

"이번에는 제가 던지는 걸 보여 드릴게요."

슈아악!

태식이 천천히 와인드업을 하며 공을 뿌렸다.

"어때요?"

"잘하시네요."

"지수 씨가 던지는 것과 크게 다른 것은 없어요. 킥킹하는 다리를 좀 더 높이 들어 올렸고, 중심 이동을 보다 빠르게 가져갔고, 릴리스 포인트, 그러니까 공을 손에서 놓는 포인트를 조금 더 앞으로 가져간 것이 다예요. 무슨 말인지 알아듣겠어요?"

"네."

"그럼 다시 한번 던져볼래요?"

지수가 두 눈을 빛내며 다시 공을 던졌다.

슈악!

그리고 이번에 지수가 던진 공은 아까와는 달랐다.

처음에 던질 때만 해도 아리랑볼처럼 공에 힘이 없었는데, 지금은 제대로 힘이 실렸다. 그리고 원 바운드가 아닌 노 바운드로 용덕수의 글러브로 빨려 들어갔다.

"와우, 원더풀 피치!"

용덕수는 이번에도 호들갑을 떨었다. 그렇지만 태식은 용덕수를 탓할 생각도 하지 못했다.

투구 시에 수정할 몇 가지 포인트를 알려준 것이 다였다.

열심히 설명을 해주긴 했지만, 제대로 알아듣지 못했을 거란 생각을 은연중에 갖고 있었는데.

방금 지수가 던진 공을 보고 태식의 생각이 완전히 바뀌었다.

조금 전에 태식이 말했던 부분들을 스펀지처럼 빨아들인 덕분에 공에 실린 힘이 확연히 달라져 있었다.

"잘했어요."

"정말요?"

"이 정도면 충분해요. 방금 던졌던 감각을 잊지 말고 그대로 시구를 하시면 됩니다. 마지막으로 하나 더, 최선을 다하세요."

"최선을 다하라고요?"

"진심은 통하게 마련이니까요."

태식이 웃으며 말했다.

그런데 지수의 반응이 조금 이상했다.

두 눈에 눈물이 그렁그렁 고인 채 태식을 바라보고 있었다.

그 반응을 확인한 태식이 오히려 당황했다.

"왜… 그래요?"

"아니, 아무것도 아니에요."

"시구 때문에 걱정돼서 그래요? 너무 걱정할 것 없어요. 아까도 말했듯이 최선만 다하세요. 하늘은 스스로 돕는 자를 돕는 법이니까."

왜일까.

태식이 걱정을 들어주기 위해 말했음에도 지수의 표정은 밝아지지 않았다.

그런 그녀를 걱정스레 바라보던 태식이 말을 더 했다.

"나머지는 저기 앉아 있는 월드 스타 용덕수 선수에게 맡겨주세요."

*   *   *

"지수 너, 오늘 대체 왜 그래?"

매니저인 강철민은 단단히 화가 난 기색이었다.

"너 때문에 내가 얼마나 난처했는지 알아?"

콧김까지 내뿜으며 살짝 언성을 높이는 강철민은 말을 멈추지 않았다.

"분명히 시구 전에 원 포인트 코칭은 김대희 선수가 할 거라고 말했잖아? 그런데 왜 갑자기 김태식 선수한테 찾아가서 원 포인트 코칭 부탁을 한 거야? 김대희 선수 입장이 얼마나 난처하겠어?"

"……."

"네가 야구에 대해서 잘 몰라서 그러는가 본데 두 선수는 레벨 차이가 엄청나. 김대희 선수는 심원 패롯스의 프랜차이즈 스타 중 한 명이야. 팬도 많이 거느리고 있고, 아까도 말했지만 작년 시즌이 끝나고 나서 FA 시장에서 무려 80억에 계약을 맺었을 정도로 실력도 뛰어난 편이지. 반면 네가 원 포인트 코칭은 부탁했던 김태식은 저니맨이야, 저니맨. 아, 지수너는 저니맨이 뭔지도 모르겠구나. 저니맨이라고 하니까 뭔가 그럴듯해 보이지만, 한마디로 떠돌이 실패자야. 김태식 선수가한 팀에 정착하지 못하고 이리저리 떠돌아다니는 저니맨이 된이유는 실력이 형편없기 때문이라고."

강철민이 쉬지 않고 말을 쏟아냈지만, 지수는 대꾸하는 대신 초록색 잔디가 깔린 그라운드만 바라보았다.

"오빠."

"왜?"

"나 잠깐 혼자 있고 싶은데."

"왜? 이제 시구할 시간 얼마 안 남았어."

"나도 알아."

"그런데?"

"잠깐이면 돼."

"너, 오늘 대체 왜 이러는 거야?"

"부탁 좀 할게."

"후, 알았다. 대신 오 분뿐이야."

고개를 갸웃거리던 강철민이 사라지고 난 후 혼자가 된 지수가 녹색 그라운드를 보며 작게 혼잣말을 꺼냈다.

"저니맨이… 됐구나."

아까 강철민의 말을 도중에 끊지 않고 끝까지 귀를 기울였던 이유는 호기심이 생겼기 때문이다.

김태식이 대체 어떤 선수인지 알고 싶었다.

덕분에 김태식 선수가 저니맨이 됐다는 사실을 알게 된 지수가 작게 입을 뗐다.

"아빠가… 틀렸네."

＊　　　　＊　　　　＊

"아빠하고 야구장 가자!"

지수가 가장 좋아하는 말이었다.

아빠 손을 꼭 잡고서 야구장을 함께 찾아가는 것이 지수는 즐거웠다.

당시 지수의 나이는 고작 여섯 살.

야구의 룰을 제대로 이해하고, 야구의 진정한 재미를 이해하기에는 너무 어렸다. 그럼에도 불구하고 지수가 야구장에 찾아가는 것을 즐겼던 이유는 가장 좋아하는 아빠와 함께하기 때문이었다.

지수가 아빠와 함께 야구장을 찾아갈 때마다 관중석은 거의 비어 있었다.

그 이유는 아빠가 찾았던 야구장이 프로야구가 아니라 고교 야구가 벌어지는 곳이었기 때문이다.

"지수야."

"응?"

"저 선수. 잘 봐둬."

"누구?"

"저기 등에 13번이 적힌 하늘색 유니폼을 입고 있는 선수

말이야. 저 선수 이름은 김태식이야."

"김… 태식?"

"두고 봐. 머잖아 저 선수가 대한민국을 대표하는 야구 선수가 될 테니까."

13번이라는 등번호가 적힌 하늘색 유니폼을 입은 김태식 선수를 주시하면서 아빠는 장담했다.

"피이, 그걸 아빠가 어떻게 알아?"

"아빠는 딱 보면 알아."

"……?"

"눈빛이 살아 있거든. 그리고 매 경기, 매 플레이마다 최선을 다하고. 지수야."

"응?"

"하늘은 스스로 돕는 자를 돕는 법이야."

하늘은 스스로 돕는 자를 돕는 법이란 아빠의 말은 당시 여섯 살에 불과했던 지수가 알아듣고 이해하기에는 너무 어려운 말이었다. 그래서 고개를 갸웃거리면서도 지수 역시 김태식이라는 선수에게서 시선을 떼지 못했다.

잘생겨서?

열심히 해서?

그런 이유가 아니었다.

가장 좋아하는 아빠가 좋아하는 선수였기 때문에, 지수도 김태식이란 선수가 좋아졌던 것이었다.

그 후로 오랜 세월이 흘렀다.

그동안 지수는 김태식이라는 선수를 까맣게 잊고 살았다. 그리고 그사이 많은 것이 변해 있었다.

지수는 연습생 생활을 거쳐 도레미 퍼블릭의 리더로 데뷔해 최고의 인기 걸그룹 멤버이자 배우가 됐고, 김태식은 고교 야구 선수에서 프로야구 선수가 돼 있었다.

비록 아빠가 장담했던 대로 대한민국을 대표하는 야구 선수가 아닌 대한민국을 대표하는 저니맨이 되어 있었지만.

그리고 하나 더.

지수가 가장 좋아했던 아빠는 이 세상 사람이 아니었다.

아빠가 세상을 떠난 것은 지수가 일곱 살이 되기 직전이었다.

지수의 생일을 축하가기 위해서 케이크를 사서 귀가하던 도중. 예기치 못한 뺑소니 교통사고를 당해 아빠는 돌아가셨다.

엄마보다 더 좋아하고 따랐던 아빠의 갑작스러운 죽음은 지수에게 엄청난 사건이자 충격이었다.

아빠의 죽음이 믿기지 않았다.

이제 두 번 다시 아빠를 볼 수 없다는 사실을 인정하기 힘들었다.

마냥 울었다.

아빠가 보고 싶어서.

마냥 미웠다.

언제까지나 지켜주겠다고 굳게 약속했던 아빠가 그 약속을 지키지 않고 먼저 자신의 곁을 떠나 버렸기 때문에.

그때부터였다.

지수가 아빠와 관련된 기억들을 지우기 위해서 애쓰기 시작한 것은.

곰 인형, 바비 인형, 동화책 등등.

아빠가 선물해 주었던 물건들은 모두 셀로판 상자에 담아서 베란다 창고 깊숙한 곳에 욱여넣었다.

아빠와 함께 자주 찾아갔던 아파트 앞 놀이터도 더 이상 찾아가지 않았다.

엄마와 함께 집으로 돌아오던 도중에, 놀이터의 그네를 타고 싶을 때마다 눈을 질끈 감고 걸음을 재촉했다.

그렇게 아빠와 연관된 것들을 하나씩 지워 나갔다.

당연히 야구장도 아빠가 돌아가신 후에는 더 이상 찾지 않았다.

그런데.

오늘 자신의 의지와 상관없이 잡힌 시구 때문에 어쩔 수 없이 다시 야구장을 찾았다. 그리고 다시 찾은 야구장에는 예기치 못한 만남이 기다리고 있었다.

김태식.

생전에 아빠가 가장 관심을 갖고 좋아하던 김태식을 다시 만난 순간, 머릿속에서 지우기 위해서 노력했던 아빠의 기억이 다시 되살아났다.

"잘했어요. 이 정도면 충분해요. 방금 던졌던 감각을 잊지 말고 시구를 하시면 됩니다. 마지막으로 하나 더, 최선을 다하세요. 진심은 통하게 마련이니까요. 너무 걱정할 것 없어요. 아까도 말했듯이 최선만 다하세요. 하늘은 스스로 돕는 자를 돕는 법이니까."

원 포인트 코칭을 할 당시 김태식이 웃으며 건넸던 충고가 떠올랐다.

당시에 그랬듯이 이번에도 어김없이 눈물이 터져 나왔다.

김태식이 던진 충고가 꼭 아버지가 건넨 충고처럼 느껴졌기 때문이다.

"오 분 다 됐어."

매니저 강철민이 돌아온 바람에 지수는 상념에서 깨어났다.

서둘러 소매로 눈가를 닦아냈지만, 강철민에게 우는 모습을 들켰다.

"지수 너, 울었어?"

"아냐."

"대체 왜 그래?"

"별일 아니라니까."

뭔가 심상치 않음을 느껴서일까.

걱정 어린 시선을 던지던 강철민이 한숨을 내쉬며 당부했다.

"무슨 일인지 모르겠지만, 일단 시구에 집중하자. 보는 눈이 많으니까 웃어. 그리고… 잘할 수 있지?"

"응. 웃을게. 그리고 자신 있어. 좋은 코치님을 만났거든."

눈물을 닦아낸 지수가 환하게 웃었다.

진짜 잘할 자신이 있었다.

그제야 조금 안도한 표정의 강철민과 함께 시구를 위해서 그라운드로 향했다.

"우와!"

"지수다!"

"도레미 펩, 짱!"

"누나, 예뻐요!"

지수가 마운드를 향해 천천히 걸어 나가자, 야구장을 가득 메운 팬들이 열렬한 환호성을 쏟아냈다.

환하게 웃으며 손을 흔들어 그 환호에 화답한 지수가 마운드 위에 도착했다.

그런 지수의 시선이 김태식에게로 향했다.

끄덕!

아까 연습한 대로만 던지면 된다. 그러니 너무 걱정하지 말고 편하게 던져라.

김태식은 작은 고갯짓을 통해서 이렇게 말하는 것 같았다.

한결 마음이 편해진 지수가 포수인 용덕수를 바라보았다.

아까 미리 약조했던 대로 용덕수는 사인을 내는 척했고, 지수는 힘차게 고개를 끄덕인 후 와인드업을 했다.

슈아악!

지수의 손을 떠난 공이 홈 플레이트로 날아갔다.

바운드를 일으키지 않고 홈 플레이트를 통과하는, 힘이 실려 있는 공을 확인한 관중들이 술렁였다.

"와아!"

"장난 아니다!"

"노래에 연기에 야구까지 잘해!"

"헐! 완전 대박!"

팍!

지수가 던진 시구가 미트로 들어간 순간, 용덕수가 엉덩방아를 찧었다.

공의 위력을 감당하지 못한 것처럼 뒤로 넘어지는 연기를 하는 용덕수로 인해서 관중들이 일제히 웃음을 터뜨렸다.

그 순간, 지수가 다시 한번 3루 쪽으로 고개를 돌렸다.

자신을 향해서 엄지를 척 들어 올리고 있는 김태식을 확인한 지수의 입가로 환한 미소가 머금어졌다.

4. 위기와 기회

1회 초 수비를 위해서 그라운드에 서 있던 태식이 시구를 무사히 마치고 더그아웃 쪽으로 걸어가는 지수의 등을 물끄러미 바라보았다.

"원 포인트 코칭. 해주실 수 있나요?"

자신의 앞을 막아선 지수가 불쑥 꺼낸 말을 들었을 당시, 태식도 적잖이 당황했다.

지수의 시구를 앞두고 원 포인트 코칭을 해주기로 내정된 것은 팀의 주장을 맡고 있는 김대희였다.

지수 역시 그 사실을 모를 리 없을 터.

그런데 지수가 도중에 마음을 바꿔서 태식에게 원 포인트 코칭을 해달라고 부탁한 것이었다.

'가관도 아니었지!'

당시 김대희가 짓고 있던 황당하기 짝이 없다는 표정을 떠올리던 태식이 희미한 웃음을 머금었다.

놀란 것은 김대희만이 아니었다.

더그아웃에 모여 있던 모든 팀원들이 예상치 못했던 상황 전개에 당황하면서도 호기심을 드러냈다.

지수에게 원 포인트 코칭을 마치고 다시 더그아웃으로 돌아왔을 때, 팀원들의 시선은 일제히 태식에게로 향해 있었다.

호기심이 가득 깃들어 있는 팀원들의 시선을 떠올린 태식이 쓴웃음을 머금은 채 혼잣말을 꺼냈다.

"신세를… 진 셈이로군."

팀의 주장을 맡고 있는 김대희가 주도하고 있는 탓에 심원 패롯스 팀원들의 텃세는 무척 심한 편이었다.

트레이드가 성사됐을 때, 태식은 이미 텃세를 예상했다. 그렇지만 짐작보다 텃세는 강했고, 이 텃세를 이른 시간 안에 넘기 위해서는 어떤 계기가 필요하다는 생각이 들어 초조함을 갖고 있었는데.

어쩌면 이번 사건이 그 계기가 될지도 모르겠다는 생각이 퍼뜩 들었다.

해서 살짝 기분이 들떴던 태식이 이내 마음을 가라앉히기 위해 애썼다.

오늘 경기의 시구자로 인기 연예인인 지수가 등장하면서 평소보다 분위기가 어수선한 것은 사실이었다.

태식도 경기에 오롯이 집중하지 못하는 상태였고.

"집중하자!"

태식이 다시 경기에 집중하기 위해서 애썼다.

올스타 브레이크가 얼마 남지 않은 상황.

시즌의 전반기가 끝나는 시점의 순위는 무척 중요했다.

전반기를 마쳤을 때의 순위가 큰 변화 없이 후반기까지 그대로 이어질 가능성이 무척 높았기 때문이다.

현재 심원 패롯스의 순위는 8위.

전반기를 마치기 전에 중위권까지 진입하기 위해서는 이번 대승 원더스와의 3연전에서 최소 위닝 시리즈를 거두는 것이 필요했다.

그 목표를 달성하기 위해서는 3연전의 첫 경기인 오늘 경기가 중요했다.

기세 싸움에서 기선을 제압한다는 의미가 있었기 때문이다.

3연전 첫 경기, 심원 패롯스의 선발투수로 나서는 것은 양동주였다.

반면 대승 원더스의 선발투수는 외국인 투수인 지미 하워드였다.

팀에서 5선발을 맡고 있는 양동주와 2선발을 맡고 있는 지미 하워드의 맞대결.

선발투수의 무게감에서 지미 하워드 쪽으로 무게 추가 기우는 것은 사실이었다.

그렇지만 내일 경기와 모레 경기는 상황이 달라졌다.

심원 패롯스는 팀에서 1선발과 2선발을 맡고 있는 톰 하디와 이연수가 연달아 출격하는 반면, 대승 원더스는 3선발과 4선발을 맡고 있는 최동현과 윤승민이 선발투수로 내정되어 있기 때문이었다.

'만약 오늘 경기를 잡는다면?'

선발투수의 면면과 기세 싸움에서 기선을 제압할 수 있다는 측면에서, 위닝 시리즈에서 그치지 않고 스윕도 노려볼 수 있는 상황이었다.

'초반이 중요해!'

오늘 경기 심원 패롯스의 선발투수로 나서는 양동주가 지미 하워드를 상대로 얼마나 잘 버티며 싸워주는가가 오늘 경기의 승부처 가운데 하나였다.

그것을 위해서는 초반을 잘 넘겨야 했다.

그렇지만 양동주는 초반부터 위기에 빠졌다.

지난 6경기에서 5승 1패를 거둔 팀의 상승세를 이어가야 한다는 부담감, 선발 맞상대인 지미 하워드에 대한 경쟁의식, 거기에 어수선한 경기 분위기까지.

삼중고를 안고 마운드에 오른 양동주는 1회 초부터 제구 난조를 드러냈다.

리드오프인 백정권과 풀카운트 승부 끝에 중전 안타를 허용한 것이 제구 난조의 시발점이었다.

올 시즌 현재까지 도루 성공 개수 2위를 달리고 있는 1루 주자 백정권에게 신경을 쓰느라, 타자와의 승부에 집중하지 못했다.

게다가 양동주는 주자들에게 도루를 많이 허용하는 편이었다.

셋업 모션.

즉, 주자가 있을 경우에 투구를 하는 데까지 걸리는 속도를 줄이기 위해서 취하는 동작이 비교적 큰 편인 데다가, 직구 위주가 아닌 유인구 위주의 투구를 하는 스타일이었기 때문이다.

"볼넷!"

결국 백정권의 도루를 신경 쓰던 양동주는 2번 타자인 문백경에게 볼넷을 허용해서 무사 1, 2루의 위기를 자초했다.

'번트? 강공?'

타석에 들어선 대승 원더스의 3번 타자 조정훈은 일찌감치 번트 자세를 취했다.

'번트 작전을 펼친다?'

오늘 경기 대승 원더스의 선발투수는 지미 하워드.

대승 원더스의 감독인 정재영이 아직 전반기가 끝나기 전임에도 이미 9승이나 수확한 지미 하워드의 구위를 믿고, 선취점을 올리기 위한 번트 작전을 지시하는 것은 당연한 선택처럼 보였다.

슈아악!

그 순간, 양동주가 1루로 견제구를 던졌다.

"세이프!"

리드 폭이 크지 않았던 1루 주자 문백경이 슬라이딩을 하며 귀루해서 여유 있게 세이프가 됐다.

그러나 태식은 견제 승부가 이루어졌던 1루 쪽을 바라보지 않았다. 대신 타자인 조정훈을 유심히 살폈다.

'낮아!'

번트 모션을 취했다가 견제구가 나온 순간 자세를 풀었던 조정훈의 손 위치를 확인한 태식이 두 눈을 빛냈다.

정상적으로 희생번트를 대는 경우라면, 배트를 쥐고 있던 조정훈의 오른손의 위치가 더 높은 쪽이어야 했다.

즉, 배트의 중단 쪽에 오른손이 가 있어야 했다.

그래야 희생번트를 댈 때 정확성이 올라가는 법이니까.

그렇지만 방금 번트 자세를 풀었던 조정훈의 오른손은 배트의 중단이 아닌 하단 쪽으로 향해 있었다.

'버스터?'

그것을 확인한 순간, 태식이 떠올린 것은 버스터였다.

번트를 댈 것처럼 하다가 갑자기 강공으로 전환하는 것이 버스터 작전.

어쩌면 지금 타석에 서 있는 조정훈이 버스터 작전을 펼칠지도 모른다는 생각이 퍼뜩 들었다.

'번트 시프트!'

벤치에서 나온 사인은 희생번트를 대비해서 1루수와 3루수가 전진하면서 수비를 하는 번트 시프트였다.

그것을 확인한 태식의 고민이 깊어졌다.

'어떤 선택을 해야 할까?'

태식의 고민이 미처 끝나지 않았을 때, 양동주가 와인드업을 하며 공을 뿌렸다.

타다닷.

1루수가 작전대로 번트 시프트를 펼치며 홈 플레이트 쪽으로 전진하는 발소리가 태식의 귓가에 들려왔다.

본능적으로 무게중심을 앞으로 가져가면서 홈 플레이트 쪽으로 달려 나가려던 태식이 도중에 마음을 바꾸었다.

번트 시프트라는 벤치의 지시를 무시할 정도로 확신이 섰기 때문이었다.

'버스터를 할 거야!'

앞으로 대시하는 대신, 태식은 오히려 한 걸음 뒤로 물러났다. 그리고 태식의 예상은 적중했다.

딱!

조정훈은 번트를 댈 듯 하다가 강공으로 전환했다.

몸 쪽 직구를 받아친 강한 타구가 3루 선상을 타고 굴러왔다.

만약 태식이 번트 시프트를 펼쳤다면, 절대 잡지 못했으리라. 아니, 평소 수비 위치였다고 해도 잡기 힘든 타구였다.

3루 선상을 타고 굴러와 베이스 위를 스치고 지나가는 타구의 속도가 워낙 빨랐기 때문이다.

2루타가 되기에 충분한 타구.

그러나 마침 3루 베이스 근처에 딱 붙어 있었던 덕분에 태식은 타구를 여유 있게 처리할 수 있었다.

탁!

타구가 글러브 속에 빨려들어 온 순간, 태식은 침착하게 3루 베이스를 밟은 후 1루를 향해 송구했다.

워낙 잘 맞아서 빠른 타구였기에 비교적 여유 있게 타자 주자를 1루에서 아웃시킬 수 있었다.

더블 아웃!

버스터 작전이 실패로 돌아간 순간, 대승 원더스의 감독인 정재영의 표정이 일그러진 것이 보였다.

반면 스스로 위기를 자초했던 양동주는 글러브를 높이 들고 환호하면서 태식에게 박수를 쳐 주었다.

무사 1, 2루 상황의 수비로서는 최상의 결과를 만들어낸 셈이었다. 그러나 정작 태식은 웃지 못했다.

'오히려… 질책을 받을 수도 있어!'

태식의 예상이 적중한 덕분에 대승 원더스의 과감한 버스터 작전은 실패로 돌아갔다. 그렇지만 이철승 감독의 표정은 좋지 않았다.

결과적으로는 더블 아웃을 만들어냈지만, 조금 전 상황에서 태식이 작전 지시를 따르지 않은 것 때문이리라.

결과가 좋다고 해서 다 좋은 것이 아니었다.

이철승 감독은 좋은 결과를 만들어낸 과정에 대해서 불만을 품고 있었다.

'이건 직접 설명하는 수밖에!'

벤치의 지시인 번트 시프트 수비를 따르지 않기로 결정했을 때, 이미 어느 정도 각오를 한 부분이었다.

어쨌든.

절반의 목표는 달성한 셈이었다.

태식의 과감한 판단 덕분에 1회 초에 자초했던 큰 위기를 넘긴 양동주는 다시 안정을 찾았다.

딱!

2사 2루 상황에서 대승 원더스의 4번 타자인 브래드 던을 내야플라이로 처리하며 무실점으로 이닝을 마무리했다.

"감독님이 찾으신다."

태식의 예상대로였다.

1회 초 수비를 마치고 더그아웃으로 들어가자마자 코치가 다가와 전한 말이었다.

팔짱을 낀 채 감독석에 앉아 있는 이철승 감독의 곁으로 다가간 태식이 그의 표정을 살피고 있을 때였다.

"사인 미스였나?"

"아닙니다."

"사인 미스가 아니라면… 벤치에서 내린 번트 시프트라는 작전 지시를 자네 임의로 무시한 건가?"

"그렇습니다."

태식이 대답한 순간, 이철승 감독의 표정이 딱딱하게 굳어졌다.

"왜 그랬지? 내가 납득할 수 있도록 설명해 봐."

이철승 감독이 싸늘한 목소리로 지시한 순간, 태식이 입을 열었다.

"견제구 때문이었습니다."

"견제구?"

"대승 원더스의 3번 타자인 조정훈이 타석에 섰을 때, 동주가 1루로 견제구를 던졌습니다. 저는 그것이 벤치의 지시였다고 생각했습니다. 해서 1루 쪽을 살피는 대신에 타자인 조정훈을 살폈습니다. 그리고……."

"잠깐. 동주가 견제구를 던진 것을 왜 벤치의 지시라고 생각했던 거지?"

"대승 원더스의 작전을 간파하기 위해서였다고 생각했습니다."

"계속해 봐."

"번트 상황에서 견제구를 던지는 이유는 1루 주자를 묶어두는 효과도 있지만, 더 큰 이유는 상대 팀의 작전을 간파하기 위함입니다. 그래서 조정훈의 반응을 유심히 살핀 결과, 번트 작전이 아닌 버스터 작전을 펼칠 것이라고 판단했습니다."

"그렇게 판단한 근거는?"

"배트를 잡고 있는 손의 위치였습니다. 견제구로 인해 번트 자세를 거두어들일 때, 조정훈의 오른손 위치가 배트 하단 쪽에 향해 있는 것을 확인하고 나서 버스터 작전이 아닐까 의심했습니다."

태식이 도중에 말을 멈추고 이철승 감독의 표정을 살폈다.

어수선한 분위기 탓에 미처 거기까진 생각지 못했던 걸까?

아뿔싸 하는 표정을 짓고 있는 이철승 감독을 확인한 태식이 쓰게 웃었다.

아까 자신이 벤치의 지시를 무시한 이유에 대해서는 모두 설명한 셈이었다. 그렇지만 여기서 이야기를 끝내서는 안 됐다.

해서 태식이 서둘러 다시 입을 뗐다.

"아마 안 보이셨을 겁니다."

"응?"

"더그아웃에서 조정훈의 손의 위치를 확인하기에는 워낙 먼 거리였거든요."

"……."

"위치상 잘 보이지 않는 데다가, 또 워낙 순식간에 벌어진 일이기도 했습니다."

태식은 나이를 헛먹은 것이 아니었다.

자신의 실수를 순순히 인정하는 것은 어려운 법이었다.

특히 높은 위치에 있을수록 더욱 그랬다.

선수가 알고 있는 것을 감독이 몰랐다?

그 사실을 뒤늦게 깨닫는 순간, 칭찬을 하는 감독은 드물었다.

자신이 몰라서 놓치고 지나갔다는 사실을 감추기 급급한 법이었다. 그리고 그 사실을 감추기 위해서 더욱 화를 내는 경우가 다반사였다.

그것을 잘 알고 있기에 태식이 넌지시 덧붙인 말은 효과가 있었다.

"그래. 못 봤어. 자네 말대로 워낙 먼 거리였던 데다가 또 순식간에 벌어진 일이었거든."

"제가 3루수였기 때문에 볼 수 있었습니다."

태식이 긴장한 채 이철승 감독의 반응을 살폈다.

'어떤 결정을 내릴까?'

이철승 감독의 기분이 상하지 않도록 나름 최선을 다해서 번트 시프트 작전을 펼치지 않은 것에 대한 설명을 마쳤다.

그렇지만 이철승 감독이 어떤 결정을 내릴지는 태식도 예측하기 어려웠다.

결과적으로는 좋았지만, 태식이 벤치의 작전 지시를 무시한 것은 부인할 수 없는 사실이었으니까.

'교체될 수도… 있어!'

그라운드에서 선수가 어이없는 실책을 범하거나, 벤치의 작전 지시를 수행하는 데 실패하는 경우에 문책성 교체가 발생

하는 경우가 다수였다.

물론 감독의 성향에 따라 다르기는 했지만, 태식은 벤치에서 나온 작전 수행을 실패한 것이 아니라 작전을 임의로 무시했다.

충분히 문책성 교체가 이뤄질 수도 있었다.

해서 태식이 긴장한 채 이철승 감독의 결정을 기다리고 있을 때였다.

"이제 이해가 가는군."

"……?"

"강상문 감독이 트레이드를 앞두고 많이 망설인 이유 말이야. 그라운드 위에서 스스로 생각하고 판단을 내리면서 야구를 한다? 자넨 내가 짐작했던 것보다 훨씬 더 좋은 선수였던 것 같아."

이철승 감독이 꺼낸 말은 질책이나 비난이 아니었다.

태식이 아까 했던 설명이 이철승 감독을 충분히 납득시킨 것이었다.

'다행이군!'

그제야 태식이 안도의 한숨을 내쉬었을 때였다.

"이번 3연전에서 내가 갖고 있는 목표는 최소 위닝 시리즈야. 그리고 그 목표를 달성하기 위해서는 첫 경기인 오늘 경기가 중요하다고 판단하고 있어. 그런데 자네도 알다시피 선발투수 싸움에서는 우리가 밀리는 상황이야. 자, 어떻게 하면 우리가 첫 경기를 잡고 목표를 달성할 수 있을까?"

이철승 감독이 다시 질문을 던졌다.

그 질문을 받은 태식이 떠올린 단어는 '시험'이었다.

트레이드를 통해서 심원 패롯스로 팀을 옮기기 전에 첫 시험을 치렀다.

당시 태식은 승부를 마무리하는 끝내기 홈런을 터뜨리면서 시험에 통과했고, 덕분에 원하던 대로 심원 패롯스 소속 선수가 될 수 있었다.

그리고.

지금 또 한 번의 시험대가 찾아온 셈이었다.

'감독님의 신임을 확실히 얻기 위해서는 이번 시험을 통과해야 한다!'

위기와 기회는 항상 동시에 찾아오는 법이었다.

위기를 넘기자 어느덧 기회가 찾아와 있었다. 그리고 태식은 이번 시험도 통과할 자신이 있었다.

"분명히 방법은 있습니다."

"어떤 방법인가?"

이철승 감독이 호기심을 드러내자마자, 태식이 힘주어 대답했다.

"경기 초반에 지미 하워드를 흔들어야 합니다."

*   *   *

더그아웃에 앉은 태식이 그라운드를 유심히 살폈다.

최근 들어 심원 패롯스가 상승세를 타고 있는 데다가 오늘 경기의 시구자로 인기 가수 겸 배우인 지수가 나섰던 터라, 심원 패롯스의 홈구장은 일찌감치 수많은 관중으로 가득 들어차 있는 상태였다.

그로 인해 그라운드는 평소보다 일찍 달아올라 있었고, 양 팀의 선수들도 살짝 들떠 있는 상황이었다.

"분위기가 안정되기 전에 흔들어야 해!"

태식이 마운드에 서 있는 지미 하워드를 바라보며 혼잣말을 꺼냈다.

올 시즌 8승 4패, 방어율 2.87을 기록하고 있는 대승 원더스의 선발투수 지미 하워드는 분명히 좋은 투수였다.

만약 지미 하워드가 쾌조의 컨디션이라면, 그를 상대로 2점 이상 뽑아내는 것이 어려운 것은 사실이었다.

그러나 변수는 있었다.

투수는 무척 민감한 동물이었다.

손톱이나 손가락 끝이 갈라지는 작은 부상에 영향을 받는 것은 물론이고, 투구 시의 소음이나 경기장의 분위기에도 민감하게 반응하면서 멘탈이 흔들리기 일쑤였다. 그리고 지미 하워드는 투구를 하기 전부터 표정이 밝지 않았다.

툭. 툭!

1회 말 수비를 위해서 마운드 위에 도착한 순간부터 인상을 구긴 채 마운드 발판을 발로 다지는 데 집중했다.

연신 고개를 갸웃거리는 지미 하워드의 반응에는 분명히 이유가 있었다.

마운드 발판의 높이나 마운드 주변의 흙의 재질, 점성 등이 자신의 마음에 들지 않기 때문인 것으로 보였다.

"상성이 안 맞는 거야."

1승 0패. 방어율 4.50.

대승 원더스 소속으로 뛰고 있는 지미 하워드가 심원 패롯스를 상대로 거둔 성적이었다.

올 시즌 두 차례 선발투수로 등판해서 1승을 거두었지만, 방어율은 4점대 초반으로 자신의 평균 방어율인 2점대 후반보다 훨씬 높았다.

그 이유에 대해 좀 더 자세히 뜯어보면, 심원 패롯스를 상대로 홈경기에서는 1실점 완투승을 거둔 반면, 원정 경기에서는 경기 중반까지 많은 실점을 하면서 무너졌기 때문이다.

당시 경기에서 대승 원더스의 타선이 폭발한 덕분에 패전투수가 되는 것은 면했지만, 분명히 지미 하워드답지 않은 투구였다.

"컨디션 난조 따위가 아냐!"

태식이 두 눈을 빛냈다.

지미 하워드의 올 시즌 성적이 좋은 것은 분명한 사실이었지만, 홈경기와 원정 경기의 성적은 차이가 큰 편이었다.

대승 원더스의 홈구장에서 등판했을 때는 5승 2패를 기록한 반면, 원정 경기에서는 3승 2패를 거두었다.

더구나 방어율도 원정 경기에서 선발투수로 나섰을 때가 홈경기에서 선발투수로 나섰을 때에 비해서 약 1점 가량 높은 편이었다.

"원정 경기에 약해. 특히… 경기 초반에 흔들리는 편이야!"

정확한 이유는 몰랐다.

다만 심리적인 부분 때문에 초반에 흔들리는 것이 아닐까 하는 의심은 품고 있었다.

어쨌든.

"경기 초반에 지미 하워드를 흔들어야 합니다."

아까 이철승 감독의 질문에 태식이 이렇게 답을 했던 이유였다.

지미 하워드가 원정 경기에 나섰을 때, 경기 초반부에 흔들리는 편이라는 것은 분명히 약점이었다.

심원 패롯스의 입장에서는 그 약점을 물고 늘어져야 했고, 이철승 감독도 태식의 답변이 만족스러운 듯 고개를 끄덕였었다.

또, 이철승 감독은 태식의 의견을 무시하지 않고 귀를 기울였다.

틱! 데구르르.

심원 패롯스 타선의 리드오프로 나선 이종도는 원 볼 원 스트라이크 상황에서 3구째에 기습 번트를 감행했다.

3루 방향으로 굴러가는 이종도의 번트 타구를 잡기 위해서 3루수와 투수, 포수가 일제히 모여들었다.

'투수가 잡아야 해!'

더그아웃에 앉아 있다가 벌떡 일어난 태식이 두 눈을 빛냈다.

이종도의 기습 번트는 코스와 강약 조절이 거의 완벽에 가까웠다.

이종도가 기습 번트를 감행할 것이라고 예상치 못했던 3루수는 대시가 늦었다.

포수도 마스크를 벗어 던지며 재빨리 달려왔지만, 번트 타구를 처리하기에는 거리가 너무 멀었다.

이종도의 빠른 발을 감안한다면, 투수인 지미 하워드가 처리해야만 1루에서 아웃을 시킬 수 있는 타이밍이었다.

삐끗.

그러나 지미 하워드는 타구를 쫓기 위해 달려오다가 발이 미끄러졌다. 그로 인해 타구를 잡았을 때는 이미 늦은 상황이었다.

결국 송구조차 하지 못한 채 주자를 내보낸 지미 하워드가 불만을 드러내면서 아까 미끄러졌던 마운드를 노려보았다.

"Fuck!"

지미 하워드가 내뱉은 욕설은 더그아웃까지 들렸다.

우우!

우우우!

그 욕설을 들은 관중들이 일제히 야유를 쏟아냈다.

그 야유 소리로 인해 얼굴이 벌겋게 상기된 지미 하워드를 확인한 태식이 작게 고개를 끄덕였다.

"흔들렸어!"

지미 하워드의 멘탈이 흔들린 이유.

딱히 하나의 이유만 꼽을 수는 없었다.

1회 초 찬스를 허무하게 날린 타선에 대한 불만.

대승 원더스의 홈구장과는 미세하게 다른 투수 발판의 높이.

투구 시와 수비 시에 미끄러운 흙바닥.

예상치 못했던 기습 번트.

어수선하고 들뜬 경기장의 분위기까지.

여러 가지 요인들이 총체적으로 작용해서 지미 하워드의 멘탈이 흔들리게 만들어놓은 것이었다.

"볼넷!"

멘탈이 흔들리자, 제구에 문제가 생기기 시작했다.

스트레이트 볼넷으로 2번 타자 임현일을 내보내며, 지미 하워드는 무사 1, 2루의 위기를 자초했다.

'똑같은 상황. 이철승 감독의 선택은?'

1회 초와 무척 흡사한 상황이었다. 그리고 이철승 감독의 선택은 대승 원더스의 정재영 감독과 달랐다.

틱! 데구르르.

버스터 작전이 아닌 희생번트 작전을 펼쳤다.

3번 타자 최순규가 침착하게 희생번트를 성공시킨 덕분에 상황은 1사 2, 3루 상황으로 바뀌었다.

타석에 들어선 것은 4번 타자 이명기.

1루가 비어 있기 때문일까.

지미 하워드는 좋은 볼을 주지 않고 유인구 위주로 어렵게 승부를 가져갔다.

"볼넷!"

쓰리 볼 원 스트라이크 상황에서 낮게 떨어지는 유인구를 참아내면서 이명기는 볼넷을 얻어내는 데 성공했다.

"일부러… 거른 건가?"

4번 타자인 이명기와의 승부가 부담스러워서 그를 거르고 다음 타자인 태식을 선택했을 수도 있었다.

그러나 대기 타석에서 지미 하워드의 투구를 유심히 지켜보던 태식은 이내 고개를 흔들었다.

이명기를 고의로 거른 것이 아니었다.

지미 하워드의 제구가 뜻대로 되지 않는 것이었다.

"찬스는 찾아왔어!"

대기 타석에 서 있던 태식이 힘차게 스윙을 했다.

"그라운드에서 그 방법을 직접 증명해 봐!"

아까 이철승 감독이 건넸던 말이 귓가에 되살아났다.

아직 시험은 끝이 난 것이 아니었다.

또 한 번 시험대에 오른 태식이 신중한 표정으로 타석을 향해 걸어 나갔다.

우우.

우우우.

태식이 타석에 들어선 순간, 홈 팬들의 야유가 어김없이 쏟아졌다. 그러나 태식은 동요하는 대신, 오히려 희미한 웃음을 머금었다.

홈 팬들의 야유가 쏟아지는 것은 여전했지만, 야유 소리가 이전에 비해 또 줄어들어 있었다.

트레이드를 통해서 심원 패롯스로 팀을 옮긴 후, 태식이 펼치는 활약상이 팬들의 싸늘한 마음을 조금씩 돌려놓고 있다는 증거였다.

팬들의 야유 소리에 귀를 닫은 채로 태식이 위기에 몰린 채 마운드 위에 서 있는 지미 하워드를 살폈다.

후우. 후우.

지미 하워드가 크게 숨을 내쉬는 것이 보였다.

여전히 얼굴이 상기되어 있다는 것이 그가 아직 흥분을 가라앉히지 못했다는 증거였다. 그러나 지미 하워드도 노련한 투수였다.

1회 말 1사 만루의 위기에 몰리자 지미 하워드는 심호흡을 하면서 마음을 진정시키기 위해 애쓰고 있었다.

'자멸!'

그 모습을 지켜보던 태식이 두 눈을 빛냈다.

마운드에 서 있는 지미 하워드가 스스로 무너지도록 만드는 것이 최선이었다. 실제로 지미 하워드는 1회 말에 제구 난조를 여실히 드러내고 있었고.

'만약 볼넷을 얻어낸다면?'

오늘 경기에서 선취점을 올리는 것은 물론이고, 1사 만루의 찬스는 고스란히 다음 타자에게 이어졌다.

분명히 좋은 결과.

그러나 태식이 마음에 걸리는 것은 6번 타자로 나선 조용기가 최근 심각한 타격 슬럼프를 겪고 있다는 점이었다.

16타수 1안타.

심원 패롯스가 지난 5경기에서 4승 1패의 호성적을 거두는 사이에도, 조용기는 계속 침묵했다.

'찬스를 해결할 수 있을까?'

태식이 짤막한 한숨을 내쉬었다.

그럴 가능성은 무척 낮다는 생각이 들었기 때문이다.

동시에 심원 패롯스 소속인 두 선수의 얼굴이 떠올랐다.

헨리 소사, 그리고 김대회.

심원 패롯스 타선의 타격 페이스가 전반적으로 상승세인 것은 사실이었지만, 아직 풀지 못한 숙제는 남아 있었다.

바로 상하위 타선의 밸런스였다.

상위 타선의 경우에는 현재 KBO 리그의 상위권을 달리는 어느 구단과 비교해도 손색이 없을 정도로 막강했다.

문제는 하위 타선이었다.

물론 용덕수가 가세하면서 조금 나아지긴 했지만, 하위 타선에서 찬스가 무산되며 공격의 흐름이 끊기는 것은 여전했다.

'두 선수만 가세한다면?'

올 시즌 계약금 포함 총액 100만 달러라는 거액에 계약한 외국인 타자 헨리 소사는 현재 부상으로 팀 전력에서 이탈해 있었다.

또, 김대희는 고질적인 손목 통증과 함께 찾아온 슬럼프로 인해 선발 라인업에서 빠지는 경우가 잦았다.

만약 이 두 선수가 선발 라인업에 복귀해서 하위 타선까지 강해진다면, 심원 패롯츠의 타선은 투수들이 쉬어 갈 곳을 찾기 힘들 정도로 막강해질 터였다.

'헨리 소사는 부상에서 회복하는 데 시간이 걸리는 만큼 어쩔 수 없으니, 김대희가 하루 빨리 살아나야 해!'

더그아웃에 앉아서 자신을 매섭게 노려보고 있는 김대희와 시선이 마주쳤던 태식이 이내 고개를 돌렸다.

헨리 소사가 부상에서 복귀하고, 김대희가 타격 슬럼프를 벗어나서 선발 라인업에 복귀하는 데에는 시간이 걸릴 터였다.

지금은 현재 주어진 상황에서 최선을 다해야 할 시점이다.

슈아악!

"볼!"

"볼!"

"볼!"

지미 하워드가 태식을 상대로 던진 세 개의 공의 구종은 모두 달랐다.

1구는 커브.

2구는 포크볼.

3구는 직구.

구종은 모두 달랐지만, 공통점은 존재했다.

바로 스트라이크존을 크게 벗어났다는 점이었다.

'제구가 전혀 안 돼!'

쓰리 볼 노 스트라이크.

볼을 하나만 더 던져도 밀어내기로 선취점을 허용할 수 있는 불리한 볼카운트에 몰린 지미 하워드는 당황한 기색이 역력했다.

'웨이팅?'

그런 지미 하워드를 살피던 태식이 벤치에서 내려진 지시를 확인하고 난 후, 표정을 딱딱하게 굳혔다.

다시 한번 작전을 확인했지만 잘못 본 것이 아니었다.

웨이팅!

벤치에서 나온 작전 지시는 지미 하워드의 공을 하나 기다리라는 것이었다.

마운드 위에서 투구 시 전혀 뜻대로 제구가 되지 않는 지미 하워드의 현재 상황을 이철승 감독도 더그아웃에서 지켜보았을 터.

어쩌면 당연한 지시였다.

'어떻게 해야 할까?'

그렇지만 태식은 또 한 번 고민에 잠겼다.

후우. 후우.

자칫 잘못하면 경기 초반에 대량 실점을 할 수도 있다는 위기감을 느낀 지미 하워드는 다시 심호흡을 하고 있었다.

그런 그의 표정은 비장했다.

무조건 스트라이크를 꽂아 넣어서 밀어내기로 선취점을 허용하지 않겠다는 단단한 각오가 전해졌다.

'여유가… 없어!'

지미 하워드가 무척 조급해하고 있다는 사실을 알아챈 태식의 표정도 비장하게 바뀌었다.

5. 버퍼

'직구, 그것도 한가운데!'

지금의 지미 하워드는 이것저것 재고 따질 정도로 여유가
없었다.

아까 태식을 상대로 지미 하워드가 던졌던 세 개의 공은
구종도 모두 달랐을뿐더러 포구 지점도 모두 달랐다.

1구인 커브는 전혀 떨어지지 않고 태식의 어깨 높이로 들어
왔고, 2구인 포크볼은 원 바운드로 들어왔다. 그리고 3구인
직구는 스트라이크존에서 공 하나 반 차이 정도 바깥쪽으로
빠진 채 홈 플레이트를 통과했었다.

3구 모두 볼로 선언되었지만, 그나마 스트라이크존에 가깝게 형성된 것은 3구째로 던진 직구였다.

그것이 태식이 지미 하워드가 4구째로 택할 구종이 직구라고 판단한 이유.

현재 전혀 제구가 되지 않고 있는 지미 하워드에게는 몸 쪽과 바깥쪽을 찌르는 제구까지 신경을 쓸 여유가 없었다.

일단 밀어내기 볼넷을 허용하지 않기 위해서 스트라이크를 꽂아 넣을 생각만 하고 있는 지미 하워드는 한가운데를 선택할 터였다.

구종에 코스까지.

지미 하워드가 4구째로 던질 공에 대한 파악을 완벽히 끝마친 순간, 태식이 혀를 내밀어 입술을 축였다.

두 가지가 마음에 걸렸다.

우선 이철승 감독이 내린 웨이팅 지시를 또 한 차례 무시한다는 점이었다.

또 하나 마음에 걸리는 것은 벤치의 지시를 무시하고 과감하게 공격을 했을 때, 자신이 결과에 대한 책임을 져야 한다는 것이었다.

1사 만루.

볼카운트는 쓰리 볼 노 스트라이크.

투수인 지미 하워드는 전혀 제구가 되지 않는 상황.

벤치의 지시처럼 공 하나를 기다리는 것이 일반적이었다.

만약 지금 상황에서 기다리지 않고 타격을 했을 때 병살이라는 최악의 상황이 발생한다면 어떻게 될까?

이철승 감독을 비롯한 코칭스태프들의 신뢰를 잃고 눈 밖에 날 확률이 높았다. 자연스레 태식의 팀 내 입지는 줄어들 터였다.

홈 팬들도 비난 대열에 합류할 가능성이 높았다.

과욕을 부린 탓에 경기 초반에 찾아온 아까운 찬스를 무산시켜서 경기를 패배하게 만든 원흉으로 몰릴 테니까.

─욕심이 과하면 독이 된다.

태식의 인생 신조 가운데 하나였다.

'만약 예전이었다면?'

기적이 일어나면서 신체 나이가 젊어지기 전의 태식이었다면, 순순히 벤치의 지시를 따랐으리라.

그렇지만 지금은 생각이 조금, 아니, 많이 달라졌다.

'그 신조를 지키면서 살아온 결과가 어땠지?'

저니맨.

KBO 리그를 대표하는 저니맨의 대명사이자, 떠돌이 실패자라는 낙인이 전부였다.

'공격한다!'

태식이 결심을 굳혔다.

모든 선택에는 책임이 따르게 마련이었다.

만에 하나 좋지 않은 결과가 나온다면 그에 대한 책임을 피하지 않고 떠안으면 되는 것이었다.

반면 결과가 좋으면 태식이 얻는 것도 그만큼 컸다.

이철승 감독의 신뢰는 물론이고, 홈 팬들의 마음도 얻을 수 있을 테니까.

그리고.

태식이 지미 하워드가 던질 4구째 공을 기다리면서 그냥 흘려보내지 않으려는 것에는 또 하나의 이유가 있었다.

쓰리 볼 노 스트라이크와 쓰리 볼 원 스트라이크.

큰 차이가 없는 것처럼 느껴지지만, 분명히 차이가 존재했다.

아까도 말했듯이 투수는 무척 민감한 동물이었다.

마음먹은 대로 스트라이크를 하나 꽂아 넣고 나면, 지미 하워드가 흔들리던 멘탈을 금세 회복하며 제구 난조를 극복할 가능성도 충분했다.

그때는 지금과는 상황이 또 한 번 달라졌다.

타석에 선 태식이 대비해야 할 구종들이 늘어나는 게 당연했고, 그러다 보면 좋은 결과를 낼 확률이 줄어들게 마련이었다.

'웨이팅은 없다!'

슈아악!

태식이 결심을 굳힌 순간, 지미 하워드가 이를 악물고 공을 던졌다.

그 순간, 태식이 두 눈을 빛냈다.

'바깥쪽 직구!'

미리 예상했던 한가운데 직구는 아니었다.

약 공 한 개가량 바깥쪽으로 빠진 채 스트라이크존을 통과하고 있었다.

지미 하워드가 제구에 신경을 썼기 때문이 아니었다.

그는 한가운데로 직구를 꽂아 넣으려고 했지만, 그조차 뜻대로 되지 않을 정도로 제구가 잡히지 않은 것이었다.

따악!

태식이 망설이지 않고 배트를 휘둘렀다.

구종 예측에 성공했던 만큼, 완벽한 타이밍에 공이 배트에 걸렸다.

쭉쭉 뻗어나간 타구가 우중간 펜스 쪽으로 향했다.

'넘어갔나?'

1루를 향해 뛰어가던 태식의 눈에 펜스 상단을 맞고 튕겨 나오는 타구가 들어왔다.

타구가 펜스를 넘기지 못했다는 것을 확인한 태식이 전력

질주를 해서 여유 있게 2루에 안착했다.

그사이, 3루 주자와 2루 주자가 모두 홈으로 들어오면서 심원 패롯스는 2 : 0으로 경기를 리드하기 시작했다.

2타점 2루타.

게다가 아직 찬스가 끝난 것이 아니었다.

1사 2, 3루의 득점 찬스는 계속 이어지고 있었다.

그렇지만 2루에 도착한 태식은 아쉬움을 감추지 못했다.

만약 지미 하워드가 던진 공이 조금만 더 가운데로 몰렸다면 2루타가 아닌 그랜드슬램으로 이어졌을 터였다.

결과적으로는 지미 하워드의 제구 난조가 태식의 그랜드슬램을 막아낸 셈이었다.

KBO 리그에서 활약한 지 벌써 15년이 넘은 상황이었지만, 태식은 아직 그랜드슬램을 기록해 본 적이 없었다.

이번이 태식의 커리어 첫 그랜드슬램을 기록할 수 있는 절호의 기회였는데, 아깝게 그 기회가 무산된 셈이었다.

그러니 어찌 아쉬운 마음이 들지 않을까.

하지만 태식은 이내 아쉬움을 털어버렸다.

'기회는 많이 남아 있어!'

태식은 앞으로 선수 생활을 오래 할 생각이었다.

비록 아쉽게 그랜드슬램이 되지는 못했지만, 1사 만루 상황에서 터뜨린 2타점 적시 2루타는 태식이 선수 생활을 오랫동안 하는 데 큰 역할을 할 터였다.

지금은 아쉬움을 곱씹을 때가 아니라, 아직 초반에 불과한 경기에 더욱 집중할 때였다.

2루 베이스 위에 올라선 채 태식이 더그아웃 쪽으로 고개를 돌려서 이철승 감독의 반응을 살폈다.

결과가 좋았기 때문일까.

태식이 벤치의 지시를 무시하고 쓰리 볼 노 스트라이크에서 과감한 공격을 했음에도, 이철승 감독의 표정에 노여움은 없었다.

오히려 박수를 치면서 만족스러운 기색을 감추지 않았다.

'통과했어!'

태식의 앞에 찾아왔던 또 한 번의 시험.

이번에도 보란 듯이 그 시험을 통과한 것이었다.

태식이 이번 시험을 통과한 대가로 얻은 것은 두 가지.

하나는 이철승 감독의 신뢰였다.

팬들의 비난 여론을 무릅쓰고 트레이드를 통해서 태식을 데려올 때만 해도 이철승 감독은 반신반의했을 터였다.

그렇지만 트레이드 이적 후 태식의 활약이 이어지면서 이철승 감독은 조금씩 태식을 신뢰하기 시작했다. 그리고 오늘 활약은 그에게 확실한 신뢰감을 심어주었다.

굳이 벤치에서 일일이 작전을 지시하지 않더라도 스스로 생각하면서 야구를 할 줄 아는 베테랑.

이런 이미지가 이철승 감독의 머릿속에 각인된 것이었다.

또 하나는 팬들의 마음을 돌린 것이었다.

조금 전 태식이 첫 타석에 들어설 당시만 해도, 여전히 팬들의 야유 소리가 흘러나왔었다. 그러나 아까 태식에게 야유를 쏟아냈던 홈 팬들조차도 태식이 때려낸 적시타에 기뻐하며 환호를 보내고 있었다.

"이제… 진짜 얼마 안 남았어."

트레이드 후 태식이 최우선 과제로 삼았던 것은 바로 팬들의 마음을 돌려 자신의 편으로 만드는 것이었다.

이제 팬들을 자신의 편으로 만들기까지 얼마 남지 않았다는 생각을 하며 관중석을 살피던 태식의 시선이 한 곳에 고정됐다.

'아직 안 갔었나?'

시구를 마쳤음에도 경기장을 떠나지 않고 홈 팬들 사이에서 경기를 지켜보는 지수의 모습이 태식의 눈에 들어왔다.

2 : 0.

1회 말에 태식의 적시타로 올린 2점의 격차가 유지된 채로 경기는 6회로 접어들고 있었다.

경기가 시작된 지 어느덧 두 시간가량 흘러 있었다.

시구를 마친 후에도 떠나지 않고 경기를 지켜보고 있던 지수가 곁눈질로 매니저 강철민을 살폈다.

평소 야구를 좋아하는 강철민은 경기 관전에 완전히 몰입해 있었다. 그리고 지수가 묻지 않았음에도 어떤 상황이 벌어졌을 때, 친절하게 설명해 주었다.

모르긴 몰라도 지수가 이제 야구 경기를 그만 보고 떠나자고 말할까 봐 우려하기 때문이리라.

"지수야."

"응?"

"오늘 경기는 네가 지배했다."

강철민이 살짝 상기된 목소리로 꺼낸 말을 들은 지수가 의아한 시선을 던졌다.

지수가 한 일은 시구가 다였다.

그런데 왜 자신이 경기를 지배했단 말인가.

"그게 무슨 소리야?"

"지수, 너도 봤으니 알 것 아냐. 심원 패롯스가 리그 선두를 달리고 있는 강호 대승 원더스를 상대로 2점차로 리드하고 있는 현재까지 일등 공신은 김태식 선수야. 결정적인 찬스에서 2타점 적시타를 터뜨렸으니까."

그 장면은 지수도 집중한 채 지켜보았기에 알고 있었다. 그렇지만 여전히 의문은 풀리지 않은 상태였다.

"그거랑 내가 경기를 지배한 것이랑 무슨 연관이 있는 건데?"

"일종의 버프를 받은 거지."

"버프?"

"버프 몰라?"

"……?"

"아, 지수 너는 게임 안 하지? 그럼 이걸 어떻게 설명해야 하나? 보자, 버프(buff)는 주로 게임에서 많이 사용하는 용어인데 특수한 물약이나 음식 등을 이용해서 게임 캐릭터의 능력치를 일시적으로 올려주는 효과를 총괄해서 버프라고 불러. 그리고 버프에 특화된 직업을 가진 캐릭터를 버퍼(buffer)라고 불러."

'버프(buff)? 버퍼(buffer)?'

게임에 전혀 관심이 없는 지수에게는 낯설고 어려운 용어들이었다.

해서 지수가 고개를 갸웃할 때, 강철민이 다시 입을 뗐다.

"지수 네가 버퍼 역할을 한 거야."

"내가… 뭘 했다고?"

"아, 답답하네. 어떻게 설명하면 네가 쉽게 알아들을까?"

답답한 표정을 짓던 강철민이 뭔가 떠오른 듯 설명을 덧붙였다.

"약 빨았다는 표현은 들어본 적 있지?"

"……."

"왜 그런 거 있잖아. 원래 가지고 있는 실력 이상으로 갑자기 대단한 활약을 펼칠 때, 저 자식 약 빨았나 하는 표현을 쓰곤 하잖아."

"그런데?"

"내 말은 오늘 경기에 나선 김태식 선수가 꼭 약 빤 것처럼 원래 가진 실력 이상을 보여주고 있다는 거지. 그리고 그 약을 준 것이 바로 지수 너고."

"내가… 약을 줬다고?"

지수가 되묻자, 강철민이 대답했다.

"그래, 너의 응원이 바로 그 마법의 물약이라고 할 수 있지. 이제 내가 아까 한 말이 무슨 의미인지 이해하겠어?"

"어렵네. 어려워!"

고심에 고심을 거듭한 끝에 꺼낸 강철민의 설명은 꽤나 친절한 편이었다.

해서 오늘 경기를 지배하고 있는 것이 바로 자신이라는 말에 담긴 의미를 어느 정도 파악할 수 있었지만, 또 다른 호기심이 치밀었다.

"하나 더 궁금한 게 있는데."

"뭔데?"

"1회에 김태식 선수가 타석에 등장했을 때, 팬들이 야유를 보냈었잖아. 그건 왜 그런 거야? 여기는 김태식 선수가 속해 있는 심원 패롯스의 홈구장이잖아?"

"아, 그건 심원 패롯스의 팬들이 화가 났기 때문이야."

"왜 화가 나? 김태식 선수가 무슨 잘못을 한 거야?"

"그게… 굳이 따지자면 김태식 선수가 잘못한 건 아니야. 트레이드를 김태식 선수가 원해서 한 것이 아니긴 하니까. 어쨌든 심원 패롯스 팬들이 열받은 이유는 사기를 당했다고 생각하기 때문이야."

6. 연결 고리

"사기?"

"너, 김태식 선수 나이가 몇인지 모르지?"

정확한 나이까지는 알지 못했다.

그렇지만 지수가 여섯 살이던 시절에 김태식은 고등학생이었으니까 대충 서른 중반쯤이 아닐까 하는 계산을 막 마쳤을 때였다.

"워낙 동안이라서 그렇게 안 보이겠지만 김태식 선수 나이가 벌써 서른일곱이야, 서른일곱. 그리고 프로야구 선수 나이 서른일곱은 엄청 많은 거야. 뭐, 선수로서 환갑을 지났다고 해도 과언이 아니고 실제로 서른 중반에 이미 은퇴를 한 선수들도 엄청 많아. 그런데 선수로서 환갑이 훌쩍 지난 선수랑 미래가 창창한 안주열 선수를 엿 바꿔 먹듯이 바꿔 버렸으니 사기를 당한 거나 다름없지. 그러니까 심원 패롯스 팬들이 열을 안 받으면 오히려 이상한 것 아니겠어?"

"그랬구나."

"그래도 최근엔 많이 나아진 거야."

"……?"

"김태식 선수가 트레이드로 심원 패롯스에 합류한 초반에는 경기에 나설 때마다 홈 팬들이 귀가 따가울 정도로 야유를 퍼부었거든. 그런데 너도 아까 봤듯이 야유 소리가 많이 작아졌어."

"왜?"

"잘하거든."

"잘해?"

"김태식 선수도 아는 거지. 이게 마지막 기회라는 것을. 그래서 필사적이다 보니까 심원 패롯스로 옮긴 후에는 꽤 잘하더라고."

강철민이 이야기를 멈춘 순간, 지수가 수비를 위해 그라운드에 서 있는 김태식을 가만히 응시했다.

시구 전과 방금 전 강철민이 해준 설명 덕분에 김태식이 처해 있는 상황에 대해 대략 알 수 있었다.

분명히 여러 차례 시련을 겪었지만, 김태식은 포기하지 않았다.

또, 끝까지 포기하지 않고 최선을 다한 덕분에 싸늘하던 심원 패롯스 팬들의 마음을 돌려놓은 것이었다.

"뭐, 그래봤자지."

"……?"

"약 기운 떨어지고 나면 다시 원상태로 돌아올 거야. 그리고 머잖아 사람들 기억에서 잊힌 채 조용히 은퇴 수순을 밟겠지."

강철민이 비웃음을 머금은 채 덧붙인 말을 들은 순간, 지수가 눈살을 찌푸리며 매섭게 쏘아붙였다.

"왜 그렇게 생각해?"

"응?"

"그건 누구도 모르는 거 아냐?"

강철민이 꺼낸 단정적인 말을 들은 순간, 욱 하고 반발심이 치밀어 올랐다. 해서 지수가 날카롭게 반응하자, 강철민은 당황한 기색이었다.

"뭐, 그렇긴 하지만……."

"나도 마찬가지였잖아."

"……?"

"연습생 시절에 넌 노래도 연기도 서툴러서 성공은커녕 데 뷔도 못 한다고 말했었어. 그런데 날 봐. 도레미 퍼블릭으로 데뷔도 하고 성공도 했잖아. 그러니까 사람 일은 아무도 모르 는 거 아냐?"

"네 말이 아주 틀린 건 아니지만… 운동선수의 경우는 좀 달라. 운동선수는 신체적인 능력이 가장 중요하거든. 나이가 들면 들수록 운동신경이나 신체 능력이 떨어질 수밖에 없어. 길어야 이 년, 짧으면 반년. 내가 판단하기에 김태식 선수에게 남아 있는 시간은 이 정도가 전부야."

강철민의 말은 틀린 부분이 없었다. 그래서 지수는 입을 열 어 반박하지 못하고 속으로 생각했다.

'더 오래 선수로 뛰었으면 좋겠다! 그런데… 내가 왜 이런 생각을 하는 걸까?'

지수는 곧 그 질문에 대한 답을 찾아냈다.

'연결 고리!'

자신을 남겨두고 먼저 세상을 떠났던 아빠를 원망했었다. 그래서 아빠와 함께했던 추억들도 모두 지우기 위해 노력했었 고.

그러나 지수도 이젠 어엿한 성인.

여섯 살 때와는 달랐다.

아빠가 먼저 세상을 떠난 것이 아빠의 의지와 상관없이 벌어진 일이라는 것을 충분히 이해하고 있었다.

해서 지금은 아빠와 함께했던 추억이 깃든 물건들을 모두 처분해 버렸던 것을 후회하고 있었다.

그렇게 후회하는 와중에 우연히 김태식을 만났다.

처음 만났을 때, 적잖이 당황하긴 했지만 이내 반가운 마음 이 깃들었다.

아빠와 나!

이제는 다 사라져 버렸다고 생각한 두 사람 사이의 연결 고 리를 다시 찾은 것 같은 기분이 들어서였다.

그리고.

지수가 김태식이 오랫동안 선수 생활을 이어나가기를 바라 는 이유는 한가지였다.

어렵게 찾은 연결 고리를 다시 놓치고 싶지 않았기 때문이 다.

"그런데 지수 너, 오늘 진짜 이상하다."

강철민이 의아한 시선을 던지는 것을 느끼며 지수는 상념에 서 깨어났다.

"뭐가 이상해?"

"갑자기 김태식 선수에게 원 포인트 코칭을 부탁하는 것도 그렇고, 김태식 선수 이야기에 예민하게 반응하는 것도 그래. 너답지 않잖아."

"그냥… 좀 피곤한가 봐."

"시구 끝나고 야구 경기를 계속 관전하는 것도 이상하긴 마찬가지야. 너 야구 별로 안 좋아한다고 했잖아?"

"맞아."

"그런데 왜 그래? 뭐, 나야 좋지만, 오랜만에 스케줄이 비는 날이니까 피곤하면 일찍 들어가서 쉬어야지."

"생각이 좀 바뀌었어."

"생각이 바뀌다니?"

강철민이 던진 질문에 지수가 대답했다.

"직접 보니까… 야구도 재밌네."

지수가 다시 그라운드로 시선을 던진 순간이었다.

따악!

경쾌한 타격음과 함께 빨랫줄처럼 뻗어나간 타구가 외야 펜스를 살짝 넘기고 떨어졌다.

2 : 2.

6회 초에 터진 투런 홈런 한 방으로 경기는 원점으로 돌아갔다.

선발 맞대결에서 밀린다고 판단한 야구 전문가 및 팬들에게 보란 듯이 양동주는 오늘 경기에서 호투를 펼쳤다.

5이닝을 산발 3안타만 허용하면서 무실점으로 틀어막았던 양동주는 지미 하워드와의 선발 맞대결에서 압도하는 모습을 보였다.

그렇지만 오늘 경기에서 단 하나 나온 실투가 양동주의 발목을 잡았다.

6회 초 2사 1루 상황에서 가운데로 몰린 실투가 투런 홈런으로 연결되면서 동점을 허용하고 말았다.

6회 초를 마무리했을 때 양동주가 기록한 투구 수는 105개.

이미 투구 수가 100개를 넘긴 상황이었지만, 양동주는 7회 초에도 마운드에 올랐다.

'지쳤어!'

태식이 들썩이고 있는 양동주의 등을 바라보았다.

7회 초 1사 1루 상황.

양동주의 투구 수는 어느덧 120개에 가까워져 있었다.

올 시즌 가장 많은 공을 던진 탓에 양동주는 지친 기색이 역력했다. 그렇지만 양동주는 마운드에서 내려갈 생각이 전혀 없었다.

'책임감 때문이야!'

트레이드를 통해서 안주열이 팀을 떠나면서 심원 패롯스의 마운드는 5선발 체제로 바뀌었다. 그리고 안주열이 떠나며 생긴 공백을 자신이 메워야 한다는 책임감이 양동주의 투지를 불러일으킨 것이었다.

물론 그게 다가 아니었다.

안주열이 팀을 떠난 이후, 심원 패롯스 선발진의 붕괴를 우려하는 야구 전문가들과 팬들이 많았다.

그 우려의 한가운데에 서 있었던 것이 바로 양동주이었다.

아직 선발진의 한 축을 믿고 맡기기에는 역부족이라는 세간의 평가.

양동주는 전문가들과 팬들의 평가가 틀렸다는 것을 오늘 경기를 통해서 증명하고 싶어 하는 것이었다.

투 볼 투 스트라이크.

만약 여기서 안타를 허용하거나, 볼넷을 허용한다면, 이미 불펜이 준비된 만큼 양동주는 강판될 확률이 높았다.

그 사실을 잘 알고 있는 양동주는 신중하게 타자와 승부했다.

투수에게 유리한 볼카운트에서 양동주는 왼손 타자의 바깥쪽으로 휘면서 낮게 떨어지는 싱커를 선택했다.

따악!

양동주가 혼신의 힘을 다해서 던진 싱커의 제구는 완벽했다. 그렇지만 타자가 싱커가 들어올 것을 예상하고 기다리고 있었다.

정확한 타이밍에 받아친 타구는 빨랐고 유격수와 3루수 사이의 너른 공간 쪽으로 향하는 코스도 좋았다.

주자의 2루 도루를 의식해서 2루 베이스 근처로 이동하던 유격수 조용기가 타구의 방향을 확인하고 당황하는 것이 보였다.

타구를 쫓기 위해서 조용기가 움직였지만, 역동작에 걸린 상황이었다.

유격수가 처리하기에는 타구가 너무 깊었다.

타구를 막아내는 것도 어려웠고, 설령 타구가 외야로 빠지는 것을 막아낸다 해도 타자 주자를 1루에서 아웃시키기에는 역부족이었다.

'잡아야 해!'

태식이 몸을 아끼지 않고 슬라이딩을 하며 글러브를 쭉 내밀었다.

바깥쪽으로 떨어지는 싱커의 궤적을 읽고 2루 쪽으로 한 발 미리 움직였던 것이 신의 한 수였다.

좌측으로 미리 한 발 움직인 작은 차이.

그 작은 차이는 신체 나이가 젊어지면서 순발력과 동물적인 반사 신경이 돌아온 태식의 몸 상태와 합쳐지자 큰 차이를 만들어냈다.

탁!

태식이 쭉 내민 글러브로 타구가 빨려 들어왔다.

'됐다!'

글러브 끝에 공이 걸린 것을 느끼며 태식이 속으로 쾌재를 불렀다. 그러나 기뻐하고 있을 시간이 없었다.

다시 일어서서 송구를 한다면 더블플레이를 완성하지 못할 것이라고 순간적으로 판단한 태식은 무릎을 꿇은 채 2루로 송구했다.

"아웃!"

2루심이 아웃을 선언한 순간, 2루수가 1루로 재빨리 공을 송구했다.

아슬아슬한 승부!

"세이프!"

그렇지만 1루심은 양팔을 가로로 벌리며 세이프를 선언했다. 그 순간, 양동주가 펄쩍 뛰며 항의했다.

"송구가 빨랐어요."

하지만 그 항의가 받아들여지지 않자, 양동주는 재빨리 더그아웃을 향해 비디오 판독을 요청했다.

이철승 감독이 비디오 판독을 신청하면서 경기는 중단됐다.

잠시 뒤 비디오 판독을 마치고 돌아온 주심이 원심을 번복하고 아웃을 선언했다.

"예스!"

양동주가 주먹을 불끈 움켜쥐면서 기쁨을 표시했다.

7이닝 2실점.

선발투수로서 제 몫을 다하고 더그아웃 쪽으로 뛰어갔던 양동주는 더그아웃 안으로 들어가지 않고 대기했다.

유니폼에 묻은 흙을 털어낸 태식이 더그아웃으로 돌아갔을 때, 미리 기다리고 있던 양동주가 손을 들었다.

짝!

태식이 손을 들어 마주친 순간, 한참을 머뭇거리던 양동주가 입을 뗐다.

"감사… 합니다."

간신히 그 말을 내뱉은 양동주가 서둘러 몸을 돌렸다.

먼저 더그아웃으로 들어가는 양동주에게 태식이 말했다.

"동주야."

"네?"

"오늘, 잘 던졌다."

"네!"

"이제 맘 편히 기다려라."

의아한 시선을 던지고 있는 양동주에게 태식이 덧붙였다.

"넌 승리투수가 될 자격이 있으니까."

7회 말 심원 패롯스의 선두 타자는 3번 타자 최순규였다.

대승 원더스의 마운드는 여전히 지미 하워드가 지키고 있었다.

비록 1회 말 만루 위기에서 태식에게 2타점 적시타를 허용하긴 했지만, 이어진 1사 2, 3루의 위기를 극복하며 지미 하워드는 다시 안정을 찾았다.

그 후, 더 이상 실점하지 않으면서 6회까지 마운드를 지켰고, 7회에도 마운드에 오른 것이었다.

"스트라이크아웃!"

최순규는 지미 하워드가 승부구로 던진 낙차 큰 커브에 배트를 내밀어 보지도 못하고 삼진으로 물러났다.

따악!

4번 타자 이명기는 지미 하워드의 커브를 노리고 초구부터 과감하게 배트를 휘둘렀다.

잘 맞은 타구였지만, 타구의 코스가 좋지 않았다.

강습 타구는 하필이면 3루수 정면으로 향했고, 라인 드라이브로 아웃이 됐다.

이명기의 잘 맞은 타구가 범타가 된 순간, 대기 타석에 서 있던 태식이 더그아웃 쪽으로 고개를 돌렸다.

7이닝 2실점, 투구 수 121개.

혼신의 힘을 다해 역투를 펼쳤던 양동주는 선발투수의 임무를 끝내고 어깨에 아이싱을 하고 있었다.

양동주를 바라보던 태식이 희미한 웃음을 머금었다.

"감사… 합니다."

7회 초 수비를 마치고 더그아웃으로 돌아갈 때, 양동주가 머뭇거리다가 꺼냈던 말이 귓가에 되살아났다.

양동주는 7이닝까지 자신이 마무리를 하고 싶어 했다.

선발투수로서의 책임감과 더불어 오늘 경기의 승리투수가 되고 싶다는 욕심이 있었기 때문이다.

물론 심원 패롯스가 리드를 하고 있는 상황이 아니라 동점 상황이긴 했지만, 7회 초를 무실점으로 마무리하면 양동주가 승리투수가 될 확률은 남아 있었다.

7회 말 공격에서 심원 패롯스 타선이 점수를 뽑아내고, 그 대로 경기가 마무리되면 양동주가 오늘 경기의 승리투수가 될 수 있었다.

즉, 7회 초를 자신의 손으로 마무리하는 것은 양동주가 승 리투수가 될 수 있는 최소한의 필요조건이었다. 그리고 태식 이 펼친 호수비는 그 필요조건을 갖추는 데 결정적인 역할을 했었다.

그 사실을 모를 리 없는 양동주가 먼저 고마움을 표한 것 이었다.

'역시 내 생각이 옳았어!'

태식이 작게 고개를 끄덕였다.

텃세를 극복하는 가장 빠르고 쉬운 방법은 가진 바 실력을 드러내는 것이 맞았다.

양동주가 먼저 다가와서 조심스럽게 마음의 문을 연 것이 그 증거였다.

그 순간, 태식과 양동주의 시선이 부딪혔다.

양동주의 시선에는 실망감과 의아함이 동시에 깃들어 있었다. 그리고 태식은 양동주의 두 눈에 실망감과 의아함이 떠올라 있는 이유를 짐작할 수 있었다.

양동주는 태식의 도움을 받은 덕분에 어렵사리 승리투수가 될 수 있는 필요조건을 갖추었다. 그리고 7회 말 심원 패롯스의 공격이 클린업트리오부터 시작하기 때문에 내심 기대를 했을 터였다.

그렇지만 3번 타자 최순규와 4번 타자 이명기가 삼진과 라인 드라이브 아웃으로 물러나면서 2사 주자 없는 상황으로 바뀌자 승리투수가 될 수 있는 확률이 낮아졌다고 판단했기에 실망하는 것이었다.

또, 양동주의 두 눈에 의아함이 깃든 이유는 아까 태식이 건넸던 말 때문이었다.

"오늘, 잘 던졌다. 이제 맘 편히 기다려라. 넌 승리투수가 될 자격이 있으니까."

    태식이 덧붙인 말에 담긴 의미를 여전히 알지 못하기에 의
아함이 깃든 시선을 던지고 있는 것이다.
    "두고 보면… 알게 될 거야."
    태식이 씩 웃은 후 타석으로 들어섰다.

7. 야구하길 잘했어

오늘 경기 태식은 타석에서 3타수 2안타, 2타점을 기록했다. 그리고 수비에서도 실점을 막아내는 결정적인 두 개의 호수비를 펼쳤다.

그 활약 덕분일까.

우우.

우우우.

여전히 야유가 흘러나오긴 했지만, 첫 타석에 나섰을 때에 비해서는 훨씬 야유 소리가 작아져 있었다.

'이번 타석에서 홈 팬들을 확실히 내 편으로 만든다. 덤으

로 양동주의 마음도 확실히 얻어내고.'

아까 양동주에게 했던 말은 그냥 꺼낸 빈말이 아니었다.

양동주가 갖게 된 무거운 책임감에 태식도 일조한 셈이었다.

안주열의 트레이드 상대가 태식이었으니까.

해서 내심 미안한 마음을 갖고 있던 태식은 양동주에게 오늘 경기 승리투수라는 선물을 주고 싶었다.

'교체?'

태식이 막 타석에 들어서려고 한 순간, 대승 원더스의 벤치가 움직였다.

정재영 감독이 마운드로 올라오고 있었다.

경기 초반 위기를 겪으며 투구 수가 많이 늘어난 탓에 지미 하워드의 투구 수는 이미 110개가 넘은 상황.

구위가 초반에 비해 떨어져 있었다.

타자들의 배트 중심에 맞아나가는 타구가 점점 늘어나고 있는 것이 구위가 떨어졌다는 증거였다.

게다가 태식은 지미 하워드에게 두 개의 안타를 기록했다.

지금 강판을 시킨다고 해도 전혀 이상하지 않았다.

"바꾸지 마라."

태식이 작게 중얼거렸다.

이미 지미 하워드와는 세 번이나 승부한 상황이었다. 그래서 지미 하워드의 공을 공략할 수 있다는 자신감이 있었다.

그 바람이 통했을까.

마운드를 방문해서 지미 하워드와 대화를 나눈 정재영 감독은 교체를 하지 않고 그냥 내려갔다.

'통했나?'

더그아웃으로 돌아가는 정재영 감독을 바라보던 태식이 희미한 웃음을 머금었다.

지미 하워드가 정재영 감독과 얘기를 나누는 동안, 태식은 의도적으로 강렬한 시선을 던졌다.

지미 하워드의 승부욕을 불러일으키기 위함이었다.

그런 태식의 강렬한 시선을 확인한 지미 하워드는 표정을 험악하게 일그러뜨리며, 통역을 통해서 정재영 감독과 격론을 벌였다.

아마 지금 내려갈 수 없다는 강한 의지를 피력했으리라.

'이제… 진짜 승부로군!'

태식이 다시 타석에 들어서며 지미 하워드를 노려보았다.

이번 승부에서 태식이 노리는 것은 홈런이었다.

자신의 뒤에 타석에 등장할 빈약한 심원 패롯스의 하위 타선을 감안하면, 후속타를 기대하기는 어려웠다.

이번 이닝에 어떻게든 추가점을 올려서 양동주를 승리투수로 만들어주기 위해서, 또 심원 패롯스 홈 팬들을 태식의 편으로 확실히 만들기 위해서는 홈런이 필요했다.

'힘을 빼자!'

홈런을 의식하고 있기 때문일까.

자꾸 몸에 힘이 들어가는 것이 느껴졌다.

몸에서 힘을 빼기 위해 의식하면서 태식이 수 싸움을 시작했다.

지미 하워드를 상대한 이전 세 타석에서 태식은 두 개의 안타를 뽑아냈다. 그 두 개의 안타를 뽑아냈던 구종은 모두 직구였다.

'직구 승부를 할 확률은 낮아!'

직구를 배제한 태식이 떠올린 것은 커브였다.

세 번째 타석에서 범타로 물러났을 당시, 태식이 공략했던 것이 커브였다.

경기 초반 지미 하워드가 제구 난조를 극복하는 데 결정적인 역할을 한 것은 낙차 큰 커브였다.

커브가 제대로 떨어지기 시작하면서 지미 하워드는 마운드에서 여유를 되찾았고, 실제로 오늘 경기에서 승부 구로 낙차큰 커브를 주로 사용하고 있었다.

'무조건 스트라이크를 던지려 할 거야!'

쓰리 볼 노 스트라이크.

쓰리 볼 원 스트라이크.

태식에게 두 개의 안타를 맞았을 때의 상황은 지미 하워드에게 불리한 볼카운트였다는 공통점이 있었다.

그 사실을 모를 리 없는 지미 하워드는 이번 대결에서 볼카운트를 유리하게 가져가려 할 터였다.

'스트라이크존을 통과하는 커브일 확률이 높아!'

스윽!

수 싸움을 마친 태식이 원래 타석에서의 위치보다 반보가량 앞으로 움직였다. 그 순간 지미 하워드가 와인드업을 마치고 공을 던졌다.

슈아악!

홈 플레이트를 향해 날아드는 공을 주시하던 태식이 힘차게 배트를 돌렸다.

따악!

묵직한 타격음과 함께 높이 솟구친 타구가 외야로 날아갔다.

'넘어갔나?'

1루를 향해 달려가던 태식은 타구에서 눈을 떼지 못했다.

홈런이 될 거라는 확신이 없었다.

그 이유는 수 싸움에서 패했기 때문이다.

'커브가… 아니었어!'

지미 하워드가 선택한 초구는 포크볼이었다. 그래서 낙차 큰 커브를 예상하고 휘두른 배트의 윗부분에 공이 맞았고, 높이 떠오른 것이었다.

일찌감치 스타트를 끊은 우익수가 펜스에 등을 기댄 채 타구를 기다리고 있었다.

포구 지점을 예측한 우익수가 높이 점프하면서 글러브를 위로 쭉 내밀었다.

'잡혔나?'

순간, 공이 시야에서 사라졌다.

해서 태식이 타구가 더 뻗어나가지 못하고 우익수의 글러브에 잡힌 거라고 막 판단했을 때였다.

와아!

와아아!

외야석에 앉아 있던 관중들이 환호성을 터뜨렸다.

'넘어갔다!'

태식이 노리고 있던 홈런이었다.

트레이드로 심원 패롯스로 이적한 후 첫 홈런을 기록한 태식이 주먹을 쥔 오른손을 허공에 들어 올린 채 그라운드를 돌기 시작했다.

3 : 2.

심원 패롯스가 1점차로 리드한 채 경기는 9회 초에 접어들었다.

승리를 지키기 위해서 9회 초에 마운드에 오른 마무리 투수 정기하는 첫 타자와 두 번째 타자를 잇따라 삼진으로 돌려세웠다.

딱!

정재영 감독이 내세운 대타자를 상대로 풀카운트 승부를 펼치던 정기하가 던진 7구째 공에 타자의 배트가 돌았다.

멀리 뻗지 못하고 높이 떠오른 타구.

중견수가 포구 지점을 확인하고 여유 있게 이동하는 것을 확인하고서야 태식이 비로소 긴장을 풀었다.

'이겼다!'

긴 시즌 중에 거둔 1승일 뿐이었다. 그렇지만 오늘 대승 원더스를 상대로 거둔 1승은 분명히 의미가 컸다.

"경기 종료!"

주심이 경기 종료를 선언한 순간, 태식이 관중석으로 고개를 돌렸다.

경기장을 가득 메운 홈 팬들은 치열한 승부 끝에 승리를 거둔 심원 패롯스 선수들에게 아낌없이 박수와 환호를 보내고 있었다.

'아직… 안 갔었나?'

문득 지수를 떠올리고 그 방향으로 고개를 돌렸던 태식의 눈에 끝까지 경기장을 떠나지 않고 관전을 마친 지수의 모습이 보였다.

지수가 끝까지 경기를 관전한 것은 분명히 의외였다.

대부분의 연예인들은 시구를 마치고 나서 바로 경기장을 떠나는 편이었기 때문이다.

'어쨌든 신세를 졌군!'

지수에게 내심 고마운 마음을 갖고 있던 태식이 모자를 벗어 가볍게 흔들었다. 그리고 선수들과 승리의 하이파이브를 나누기 시작했다.

'확실히… 달라!'

하이파이브를 나누던 태식이 쓰게 웃었다.

지금까지와는 조금 달랐다.

태식과 하이파이브를 나누는 팀원들은 평소보다 환하게 웃었고, 하이파이브를 나누는 손에도 힘이 제대로 들어가 있었다.

그중에서도 가장 다른 반응을 보인 것은 양동주였다.

태식이 하이파이브를 나누기 위해 손을 높이 들고 있었지만, 양동주는 하이파이브를 나누지 않았다.

대신 태식을 가볍게 껴안았다.

"이제 무슨 뜻인지 확실히 알았습니다."

"응?"

"아까 약속하신 대로 승리투수로 만들어주서서 감사합니다."

양동주가 건넨 귓속말을 들은 태식이 환하게 웃었다.

3타수 무안타.

용덕수는 지미 하워드를 상대로 단 하나의 안타도 기록하지 못했다.

평소라면 실망했겠지만, 용덕수는 자꾸 새어 나오는 웃음을 참기 힘들었다.

"이 자식, 진짜 부럽다!"

"지수와 악수한 소감이 어때?"

"이 참에 포수로 전향할까?"

경기가 끝난 후, 선배들이 다가와서 건넸던 말들이었다.

시구를 마치고 지수와 악수를 나누었던 순간은 아직도 생생했다.

"사람 손이 이렇게 부드러워도 되는 거야? 혹시… 사람이 아닌가?"

부드럽기 짝이 없던 지수의 손을 떠올리던 용덕수가 마치 감전이라도 된 것처럼 몸을 부르르 떨었다.

경기가 끝났음에도 용덕수는 샤워도 하지 않았다.

지수와 악수를 나눌 당시, 적어도 오늘 하루만큼은 절대 이 손을 씻지 않겠다고 결심했기 때문이다.

"야구하길… 잘했어."

만약 프로야구 선수가 안 됐다면 지수와 악수를 할 기회조차 없었을 것이라는 생각이 들었다.

그래서 실실 웃던 용덕수가 슬쩍 미간을 찌푸렸다.

"왜 안 오시는 거야?"

샤워조차 포기하고 미리 실내 훈련장에 도착한 용덕수는 아까부터 김태식을 기다리고 있었다.

어떤 상황에서도 훈련에 빠지거나 늦는 법이 없는 김태식이었는데, 오늘은 예정된 훈련 시간이 훌쩍 지났음에도 도착하지 않고 있었다.

4타수 3안타, 1홈런 3타점.

오늘 경기에서 심원 패롯스가 올린 3타점을 혼자 올린 데다가, 심원 패롯스로 팀을 옮긴 후 첫 홈런을 터뜨렸을 정도로 김태식의 공격에서의 활약을 엄청났다.

공격만이 아니었다.

수비에서도 결정적인 호수비를 두 차례나 펼쳤다.

그러니 김태식이 경기 MVP로 뽑혀서 수훈 선수 인터뷰를 하는 것은 당연했다.

그로 인해 김태식이 경기 후에 바빴던 것은 분명한 사실이었지만, 그것을 감안한다고 해도 김태식의 훈련장 도착은 너무 지연되고 있었다.

"덕수야!"

"형! 왜 이제 오셨어요?"

"미안, 좀 늦었다."

"오늘은 안 나타나시는 줄 알았어요."

"왜 그렇게 생각했어?"

"오늘 경기에서 형의 활약이 워낙 대단했잖아요. 굳이 따로 훈련을 하실 필요가 없겠다고 생각했죠."

용덕수가 솔직하게 말했다. 그렇지만 김태식은 그게 무슨 말도 안 되는 소리냐는 표정으로 대꾸했다.

"이제 형 스타일 알잖아."

"물론 알긴 하죠."

"야구 속설 중에 사흘간 야구를 손에서 놓으면 석 달을 쉰 것이나 마찬가지라는 얘기가 있어. 그만큼 꾸준하게 훈련하면서 감각을 유지하는 게 중요해. 그런데 어떻게 훈련을 거를 수가 있겠어?"

"하지만 오늘 형은 홈런도 때리셨고……."

"운이었어."

"네?"

"그 홈런, 운이 따랐다고."

용덕수가 의아한 시선을 던졌다.

결승 홈런이자, 이적 후 첫 홈런을 터뜨렸던 당시, 김태식의 스윙은 흠잡을 곳을 찾기 힘들 정도로 거의 완벽했다.

더그아웃에서 잔뜩 집중한 채 지켜보았기에 용덕수가 누구보다 잘 알았다.

그런데 정작 홈런을 친 당사자인 김태식은 운이 따랐다고 표현하고 있었다.

"에이. 너무 겸손하신 것 아니세요?"

"겸손을 떨려는 게 아냐. 진짜 운이 따랐어. 수 싸움에서 졌거든."

"……?"

"커브를 예상했는데 포크볼이 들어왔지."

"그런데 어떻게 홈런으로 연결됐어요?"

"아까 말했잖아. 운이 따랐다고."

"그렇지만……."

"반보였어."

"반보?"

"지미 하워드의 커브가 떨어지는 궤적이 워낙 커서 완벽하게 공략하는 것이 어려울 거라고 판단했어. 해서 타석에서 반보 정도 앞으로 나갔어. 커브가 제대로 떨어지기 전에 타격을 하기 위해서. 커브가 아닌 포크볼이 들어오긴 했지만, 반보 정도 앞에서 타격한 덕분에 아슬아슬하게 홈런이 됐던 거야."

용덕수가 고개를 끄덕였다.

아까 김태식이 자신이 때렸던 결승 홈런이 운이 따랐기 때문이라고 말한 이유를 비로소 알 수 있었다.

'만약 직구였다면?'

포크볼이 아닌 직구가 들어왔다면 타이밍이 밀리며 멀리 뻗지 못하는 외야플라이가 됐을 확률이 높았다.

그렇지만 지미 하워드가 선택한 구종은 포크볼이었고, 결과적으로는 그게 김태식에게는 다행이었다.

커브와 포크볼.

낙폭과 궤적이 분명히 달랐다.

그러나 타이밍은 얼추 들어맞았다.

해서 완벽한 타이밍에 배트에 걸렸고, 원래 김태식의 예상보다 배트의 상단에 맞았음에도 외야 펜스를 살짝 넘긴 것이었다.

"그래서 오늘도 훈련을 거르지 않는 거세요?"

"맞아. 만족하지 못했으니까."

당연하다는 듯이 대답하는 김태식을 확인하고 속으로 혀를 내두른 용덕수가 다시 질문을 던졌다.

"그런데 왜 이렇게 늦으셨어요?"

"일이 좀 있었어."

"무슨 일이요?"

용덕수의 질문을 받은 김태식이 대답했다.

"갑자기 스타가 됐거든."

"스타가… 됐다고요?"

"그래. 월드 스타인 너에게는 한참 미치지 못하지만, 나도 나름대로 스타가 됐어. 그래서 팬들에게 둘러싸였지."

용덕수가 고개를 갸웃했다.

트레이드를 통해서 심원 패롯스로 팀을 옮긴 후, 김태식은 오늘 경기를 포함해서 꾸준히 활약을 펼쳐왔다.

그렇지만 아직 팬들의 마음을 완전히 얻지는 못했다.

김태식이 타석에 들어설 때마다 홈 팬들이 쏟아내는 야유 소리가 그 증거였다.

그런데 팬들에게 둘러싸였다는 말이 선뜻 믿기 어려웠다.

해서 용덕수가 불신 어린 시선을 던질 때, 김태식이 웃으며 덧붙였다.

"팀원들이 내 팬이 됐더라고."

8. 노총각

중요한 경기에서의 승리.

더구나 그 경기에서 결승 타점을 비롯한 3타점을 혼자 올리면서 승리의 주역이 됐지만, 딱히 달라질 것은 없다고 생각했다.

무언가가 달라지려면 좀 더 시간이 걸릴 것이라 판단했기 때문이다.

그런데.

태식은 곧 그 생각이 틀렸음을 알아냈다.

늦기 전에 훈련장에 도착하기 위해서 서둘러 걸음을 옮기던 태식의 앞을 최순규가 막아섰다.

"왜? 무슨 할 말이라도 있어?"

"그게……."

최순규는 선뜻 말을 꺼내지 못하고 머뭇거렸다.

"그러지 말고 편하게 말해봐."

"어디 가시는 거세요?"

"야간 훈련하러 가는 중이야."

"안 피곤하세요?"

"괜찮아. 그리고 오늘 경기에서 내 스윙이 마음에 안 들어서 좀 다듬어야 해."

태식이 솔직하게 대답했지만, 최순규는 이해가 가지 않는다는 표정이었다.

4타수 3안타에 결승 홈런까지 기록한 태식의 활약을 지켜보았기 때문이리라.

"그게 궁금했어?"

"네? 아, 그게 아니라……."

"진짜 궁금한 게 뭐야?"

트레이드를 통해서 심원 패롯스로 적을 옮긴 후 팀원이 먼저 다가와서 말을 건넨 것은 이번이 처음이었다.

최순규가 고작 이런 질문을 하기 위해서 큰맘 먹고 앞을 막아선 것은 아니라는 직감이 들었다.

"그러니까… 제가 선배님께 궁금한 건 지수 씨와 관련된 건데요."

"지수?"

"네. 혹시 지수 씨하고 원래 알던 사이세요?"

결국 호기심을 이기지 못하고 질문을 던지는 최순규를 확인한 태식의 입가로 씁쓸한 미소가 떠올랐다.

최순규가 먼저 다가온 것이 반가웠다.

그런데 그 이유가 다름 아닌 시구자로 나섰던 지수 때문이라는 사실을 확인하고 나자, 왠지 실망스러웠다.

"몰랐어."

"하지만 아까 분명히……."

"지수는 나를 알고 있었지만, 나는 지수의 존재를 전혀 몰랐어."

"그랬군요."

비로소 호기심이 풀린 최순규가 고개를 끄덕이고 있을 때였다.

"선배님!"

"저도 궁금한 게 있는데요."

"저도요."

태식의 주변으로 다른 팀원들이 갑자기 몰려들며 에워쌌다.

예상치 못했던 반응으로 인해 살짝 당황했던 태식이 말했다.

"한 명씩 하자. 누구부터 할래?"

눈치를 살피던 팀원들 가운데 조용기가 가장 먼저 손을 들었다.

"저부터 하겠습니다."

"그래, 뭐가 궁금한데?"

"어떻습니까?"

"뭐가 어떠냐는 거야?"

"지수 씨, 예쁩니까?"

조용기가 두 눈을 초롱초롱 빛내며 던진 질문을 들은 태식이 속으로 고개를 절레절레 흔들었다.

'하여간 사내들이란!'

태식도 남자인 것은 마찬가지였지만, 한심하기 짝이 없게 느껴졌다.

"너도 봤잖아?"

"저는 멀리서 본 게 다입니다. 선배님은 가까이서 보셨잖습니까?"

"예쁘더라. 그것도 엄청."

태식의 대답이 끝나기 무섭게 이번에는 이연수가 손을 들고 말했다.

"부탁이 하나 있습니다."

"무슨 부탁인데?"

"수현 씨 좀 소개시켜 주시면 안 되겠습니까?"

"수현? 그게 누군데?"

태식이 고개를 갸웃하며 되묻자, 이연수가 답답하다는 표정으로 말했다.

"수현 씨를 모르십니까?"

"몰라. 누군데?"

"도레미 퍼블릭의 막내 멤버입니다. 제가 수현 씨 팬이거든요. 그러니까 지수 씨에게 부탁해서 수현 씨와 한번 만나게 해주시면 안 되겠습니까?"

태식이 난감한 표정을 지었다.

딱히 친하지도 않은 지수에게 이런 부탁을 꺼내는 것이 곤란했기 때문이다. 그래서 태식이 선뜻 대답하지 못하고 있을 때, 다른 질문들이 쏟아졌다.

그 후로도 태식은 한참을 팀원들에게 둘러싸여 있었다.

"지수 씨 팔로워 중 한 명인데 저하고 친구 좀 맺어달라고 부탁해 주시면 안 됩니까?"

"도레미 퍼블릭 멤버들과 단체 미팅 한번 주선해 주시면 안 됩니까?"

"사인 한 장만 받아주세요!"

"시구자로 한 번 더 초대해 주세요."

자신에게 쏟아지는 질문과 부탁들을 들으며 태식이 문득 떠올린 것은 두 가지였다.

우선 걸그룹인 도레미 퍼블릭의 리더이자 배우인 지수의 인기가 태식이 짐작했던 것보다 훨씬 대단하다는 것이었다.

또 하나는 지금 이 상황에 서운해하거나 실망할 필요가 없다는 것이었다.

트레이드로 이적 후 팀원들과 처음으로 튼 대화의 물꼬는 도레미 퍼블릭의 리더인 지수에 관한 것뿐이었다.

처음에는 이런 상황에 실망했는데, 태식의 생각은 이내 바뀌었다.

'나쁠 것 없어!'

원래 시작이 어려운 법이었다.

팀원들과 대화가 아예 없었기 때문에 그동안 마음고생이 심했었는데.

계기가 무엇이었던 간에, 이렇게 팀원들과 대화의 물꼬를 텄다는 것이 중요했다.

시작이 반이라는 말도 있듯이, 이제부터는 팀원들과의 관계도 달라질 것이라는 생각도 들었고.

'역시 신세를 졌어! 그리고 신세를 졌으니 갚아야지.'

태식은 누군가에게 빚을 지고는 살지 못하는 성격의 소유

자였다.

쏟아지는 팀원들의 질문을 들으며 태식은 지수에게 진 신세를 꼭 갚아야겠다고 속으로 다짐했다.

"그래서 좀 늦었어!"

태식의 설명을 들은 용덕수가 납득했다는 듯 고개를 끄덕였다.

"이게 잘된 일인 건가요?"

"뭐. 나쁠 건 없다고 생각하고 있어."

"네, 그럼 다행이네요."

안도한 표정의 용덕수에게 태식이 제안했다.

"이제 훈련 시작할까?"

"저기, 형."

"왜? 할 말이 남았어?"

"네. 진짜 궁금한 게 하나 있는데요."

두 눈을 빛내며 용덕수가 던진 말을 들은 태식이 웃었다.

용덕수의 반응은 평소와는 조금 달랐다.

호기심이 가득 들어차 있는 용덕수의 두 눈을 확인하고 그가 오매불망 자신이 훈련장에 도착하길 기다렸음을 태식은 금세 알아챘다.

"넌 또 뭐가 궁금한데?"

"두 분이서 대체 무슨 얘길 나누었습니까?"

"응?"

"원 포인트 코칭을 해주실 때 말입니다. 제가 먼저 나가고 나서 비록 잠깐이긴 하지만 두 분만 계셨잖아요. 그때 두 분이서 무슨 얘길 나누셨는지 궁금해서요."

용덕수의 말이 옳았다.

시구 전에 원 포인트 코칭을 할 당시, 용덕수가 먼저 나가고 태식과 지수만 잠시 대화를 나누었다.

"잠깐만 자리를 비켜주시겠어요?"

당시 둘만의 시간을 마련했던 것은 지수였다.

그녀는 용덕수에게 정중하게 부탁했고, 덕분에 짧은 시간이나마 둘만의 시간을 가질 수 있었다.

그러니 용덕수가 그때 두 사람 사이에 어떤 대화가 오갔는지 궁금해하는 것은 어쩌면 당연한 일이었다.

"별 얘기 없었어."

당시의 기억을 떠올리던 태식이 픽 웃으며 대답했지만, 용덕수는 전혀 만족한 기색이 아니었다.

"그 말을 제가 믿을 거라고 생각하십니까?"

"진짜 별 얘기 없었다니까."

"에이, 형. 우리 사이가 어떤 사인데 저한테까지 숨기시려는 겁니까? 저, 입 무거운 거 아시죠? 다른 사람들한테 절대 발설 안 할 테니까 솔직히 말씀해 주세요."

용덕수가 어서 솔직히 털어놓으라고 재촉했다.

그로 인해 태식은 난감한 기색을 드러냈다.

진짜 특별한 이야기를 나누지 않았기 때문이다.

"숨기려는 게 아냐. 진짜 특별하거나 중요한 이야기를 나누지 않았어."

"중요하고 안 중요하고는 제가 판단하겠습니다. 그러니까 형은 당시에 무슨 말이 오갔는지만 알려주시죠."

용덕수는 순순히 물러나는 대신, 끈질기게 추궁했다.

그 근성을 확인한 태식이 속으로 혀를 내두르며 핀잔을 건넸다.

"야구를 그렇게 근성 있게 해봐."

"야구보다 이게 더 중요하고 궁금합니다."

"알았다. 알았어."

태식이 다시 기억을 더듬으며 입을 열었다.

"고맙다고 했어."

"고맙다고 했다고요? 왜요?"

"원 포인트 코칭을 해줬기 때문이겠지."

태식이 대수롭지 않게 대꾸했지만, 용덕수는 고개를 흔들었다.

"고작 그런 이유가 아닐 겁니다."

"그거 말고 무슨 다른 이유가 있겠어?"

"형이 모를 뿐이지, 분명히 있을 겁니다. 잘 기억해 보세요. 왜 하필 형한테 원 포인트 코칭을 해달라고 한 건지 궁금하지 않아요?"

"그건……."

"그건 뭐요? 뭔가 생각났습니까?"

"내가 가장 잘생겨서가 아니었을까?"

"헐!"

태식의 말이 끝나기 무섭게 용덕수에게서 돌아온 반응이었다.

"야, 농담이었거든. 왜 그렇게 정색이야?"

"지금 농담이나 주고받을 때가 아니니까요."

"그럼 대체 어떤 때인데?"

"노총각을 구제할 때죠."

"뭐?"

전혀 예상치 못했던 대답.

그래서 태식이 황당한 표정을 지은 채 바라보고 있을 때, 용덕수가 덧붙였다.

"노총각, 맞으시잖아요?"

'노총각이… 맞네.'

태식의 말문이 순간 막혔다.

용덕수의 말이 옳았다.

서른일곱이란 태식의 나이는 적지 않았다.

비록 최근 들어 결혼 적령기가 많이 늦춰졌다고 해도, 서른일곱이나 먹은 태식은 노총각에 속했다.

더구나 운동선수는 안정을 찾기 위해서 비교적 일찍 가정을 꾸리는 케이스가 많은 편이었다.

태식과 엇비슷한 나이대에 아직 가정을 꾸리지 않은 프로 야구 선수는 거의 찾아보기 힘들었다.

"덕수야."

"네."

"내가 노총각인 건 인정하마. 하지만 지수라는 아가씨와 날 엮으려는 건 너무한 거 아니냐?"

"왜요?"

"나이 차가 너무 많이 나잖아."

태식의 나이는 서른일곱, 반면 지수의 나이는 고작 스물다섯이었다.

두 사람은 무려 띠동갑이었다.

"이건 범죄 수준이야."

"그럼 이번 기회에 범법자가 되시죠."

"야!"

"에이, 형이 뭘 잘 몰라서 그러시는데 요샌 이 정도는 범죄 축에도 안 속해요. 남자가 능력만 있으면 어리고 예쁜 여자와 결혼하는 케이스가 점점 늘어나는 추세라니까요. 성공한 남자 연예인들 중에 띠동갑보다도 훨씬 나이 차가 많이 나는 어린 여자와 결혼하는 경우가 얼마나 많은데요."

"경우가 좀 다르지."

"뭐가 다른데요?"

"형은 능력이 없잖아."

태식이 자조 섞인 웃음을 지은 채 말했다.

떠돌이 실패자인 저니맨의 대명사!

슬프지만 이게 태식이 처해 있는 현실이었다.

"아직 모르는 것 아닙니까? 일전에 말씀하신 대로 형이 골든 글러브 수상하고, FA 대박 계약 맺을지 누가 압니까?"

"그래, 네 말이 맞다."

용덕수의 말이 조금 위안이 됐다.

다른 사람들이 이런 이야기를 들으면 비웃겠지만, 태식이 생각하고 있는 자신의 미래는 장밋빛이었다.

골든 글러브 수상에 FA 대박 계약은 물론이고, 내심 갖고 있는, 그보다 더 큰 목표도 이룰 자신이 있었다.

"그런데 덕수야."

"말씀하시죠."

"지수라는 아가씨는 네가 좋아하지 않았어?"

"좋아하죠."

"그런데 왜⋯⋯?"

"저는 순수한 팬의 입장으로서 좋아하는 겁니다. 그리고 제가 존경하고 이끼는 형을 위해서라면 뭐든지 포기할 수 있습니다."

용덕수가 비장한 표정으로 꺼낸 말을 들은 태식이 픽 하고 실소를 터뜨렸을 때였다.

"왜 웃으시는 겁니까?"

"오버다."

"오버요?"

"문득 그런 생각이 들었어."

"어떤 생각이요?"

"우리끼리 김칫국 마시고 있다는 생각."

"김칫국이 아닙니다. 분명히 지수 씨는 형을 마음에 두고 있는 눈치였습니다."

"너무 앞서가는 것 아니냐?"

"앞서가는 게 아니라는 근거도 있습니다. 형에게 관심이 있으니까 원 포인트 코칭을 따로 부탁한 것 아닙니까?"

"그건⋯⋯."

"됐고. 그러니까 두 분 사이에 또 어떤 얘기가 오갔는지나 알려주시죠."

'또 무슨 얘기를 했더라?'

기억을 더듬던 태식이 한참 만에 입을 열었다.

"예전부터 팬이었다고 말했어."

9. 플래툰 시스템

"언제부터요?"

"내가 고등학생이던 시절부터."

"에? 진짜요?"

용덕수가 두 눈을 연신 깜박였다.

그사이 나이 계산을 마친 용덕수가 놀란 표정으로 말했다.

"그럼 지수 씨가 여섯 살 무렵이잖아요."

"얼추 맞을걸."

"헐, 지수 씨가 야구를 그렇게 좋아하는지 전혀 몰랐네요."

두 눈을 껌벅이던 용덕수가 다시 물었다.

"또요?"

"응?"

"다른 얘기는 하신 거 없어요?"

"없어."

"그래요?"

벅벅.

용덕수가 혼란스러운 표정으로 머리를 긁었다.

"애매하네요."

"뭐가 애매하다는 거야?"

"분명히 두 분 사이에 뭔가 있는 것 같은데… 지금 말씀하신 것만 놓고 보면 확실한 것이 없어서요."

"그럼 잊어버려."

"네?"

"지금 우리에게 제일 중요한 것은 내일과 모레 경기이니까. 그러니까 어서 훈련이나 시작하자."

태식이 피칭머신 앞으로 다가갔다.

내일 경기 대승 원더스의 선발투수로 내정된 선수는 최동현.

최동현은 독특한 유형의 투수였다.

직구 최고 구속이 120㎞대 중반에 불과한 최동현이지만, 그는 대승 원더스의 선발진 가운데 한 축을 당당히 꿰차고 있었다.

구속은 느렸지만, 좌완 투수인 그의 공을 공략하는 것에 타자들은 애를 먹었다.

'왜 못 칠까?'

120㎞대 초반에 불과한 직구 구속으로는 1군 무대에서 버티는 것조차 어려웠다. 그렇지만 최동현은 데뷔 시즌인 지난해 5선발과 롱 릴리프를 오가면서 7승이나 수확했다. 그리고 올 시즌에는 벌써 6승을 거두며 어느덧 대승 토종 선발투수들 가운데 가장 주목받는 투수 중 한 명으로 성장해 있었다.

'재밌겠군!'

최동현과의 대결이 기대됐다.

딱! 따악!

최동현과 맞상대하는 상상을 하면서 피칭머신을 상대하던 태식이 배트를 휘두르던 것을 멈추었다.

'깜박하고 말을 안 한 게 있군!'

태식이 아까 깜박하고 말하지 않았던 것이 있다는 사실을 뒤늦게 깨닫고 용덕수 쪽으로 고개를 돌렸다.

오늘 경기에서 3타수 무안타로 물러났기 때문일까.

구슬땀을 흘리며 스윙 훈련에 집중하고 있는 용덕수를 확인한 태식이 배트를 고쳐 쥐며 중얼거렸다.

"뭐, 그리 중요한 건 아니니까."

　　　　*　　　　　*　　　　　*

"플래툰… 인가?"

심원 패롯스와 대승 원더스의 3연전 두 번째 경기.

대승 원더스의 선발투수는 좌완인 최동현이었고, 김대희는 하루 만에 다시 선발 라인업에 복귀했다. 그리고 선발 라인업에 다시 복귀했다는 사실을 알고 나서, 김대희는 내심 의아함을 품었다.

4타수 3안타, 1홈런 3타점.

어제 경기, 공수에서 김태식의 활약은 대단했다.

그래서 오늘 경기에서도 선발 라인업에서 제외될 확률이 높다고 판단했다.

자존심이 상하긴 했지만, 어제 김태식의 활약이 워낙 대단해서 그렇게 생각을 했던 것이었다.

그렇지만 이철승 감독의 선택은 달랐다.

김태식을 오늘 경기 선발 라인업에서 제외하고, 자신을 선발 라인업에 복귀시켰다.

그 이유에 대해 고심하던 김대희가 떠올린 것은 플래툰 시스템이었다.

플래툰 시스템(Platoon System).

소대를 뜻하는 군대 용어인 플래툰(platoon)에서 비롯된 야구 용어로서, 1949년 메이저리그 구단인 뉴욕 양키스의 감독인 케이시 스탱겔에 의해 도입된 선수 운영 방식이었다.

각 포지션에 주전 선수와 백업 선수를 두고 경기를 운영했던 것과 달리, 각 포지션에 두 명 이상의 주전 선수를 두고 운영하는 방식을 이르는 말이다.

즉, 하나의 포지션에 두 명 이상의 주전 선수를 확보해서 경기를 운영하는 체제로서, 공격력이 뛰어난 선수를 먼저 스타팅으로 내보낸 후 수비력이 뛰어난 선수를 경기 후반부에 투입하거나, 실력이 비등한 선수들을 두고 서로 경쟁하도록 유도하며 기용하는 방식이 가장 대표적이다.

그리고 현대 야구로 접어들면서 플래툰 시스템은 투수에 따라서 강점을 가진 타자를 기용하는 방식으로 굳어지고 있었다.

즉, 좌완 투수가 선발로 나서는 경우에는 오른손 타자가 스타팅으로 출전하고, 우완 투수가 선발로 나서는 경우에는 왼손 타자가 스타팅으로 출전하는 방식이었다.

"대충… 들어맞는군!"

트레이드를 통해 김태식이 심원 패롯스로 옮긴 후, 스타팅으로 출전했던 경기들을 되짚어 보면 이철승 감독이 플래툰 시스템을 가동하고 있다는 확신이 들었다.

"아직 공평하게 기회가 주어지는 셈이니 다행인 건가?"

그나마 다행이라고 여기던 김대희가 이내 미간을 찌푸렸다.

어제 시구를 앞두고 있던 도레미 퍼블릭의 리더인 지수가 김태식에게 다가가서 원 포인트 코칭을 부탁하던 모습이 떠올랐기 때문이다.

'왜였지?'

원래 원 포인트 코칭을 해주기로 예정되어 있었던 자신이 아니라 왜 김태식에게 원 포인트 코칭을 부탁했는지에 대한 이유는 여전히 알지 못했다.

그렇지만 그로 인해 김대희의 자존심은 구겨졌다.

그게 다가 아니었다.

지수의 돌발 행동은 심원 패롯스의 팀 내 분위기도 미묘하게 흔들어놓았다.

"먼저 말도 걸지 말고 그냥 투명 인간처럼 취급해. 스스로 못 버티고 우리 팀에서 나가게 만들자고."

트레이드를 통해서 김태식과 용덕수가 심원 패롯스에 합류했을 당시, 환영하는 팀원들은 아무도 없었다.

김대희가 앞장서서 제안했을 때, 대부분의 팀원들이 동조했었다.

그래서 김태식과 용덕수가 감히 들어올 수 없는 단단하고 높은 울타리를 쳤다고 확신하고 있었는데.

단단하고 높은 울타리가 서서히 허물어지기 시작하는 것이 느껴졌다.

첫 번째 계기는 심원 패롯스에 합류한 이후 김태식과 용덕수의 맹활약이었다.

퇴물이나 다름없는 저니맨의 대명사 김태식.

1군 경험조차 일천한 검증되지 않은 육성 선수 출신 용덕수.

심원 패롯스의 팬들은 물론이고, 선수들도 두 선수에 대해서 이렇게 평가를 내리고 폄하했었다.

그러나 심원 패롯스 팀에 합류한 후, 김태식과 용덕수가 펼치고 있는 활약은 대단했다.

그 맹활약으로 인해 팬들은 물론이고, 심원 패롯스 소속 선수들도 김태식과 용덕수를 바라보는 시선이 조금씩 바뀌었다.

그 와중에 작지만 큰 계기가 두 가지나 더 있었다.

하나는 용덕수가 어리바리한 플레이 덕분에 ASPN을 비롯한 외신에까지 소개되면서 일약 월드 스타(?)로 도약한 것이고, 또 하나는 지수가 김태식에게 먼저 다가가서 원 포인트 코칭을 부탁한 것이었다.

"지수 씨, 예쁩니까?"

"부탁이 하나 있습니다. 수현 씨 좀 소개시켜 주시면 안 되겠습니까? 도레미 퍼블릭의 막내입니다. 제가 수현 씨 팬이거든요. 그러니까 지수 씨에게 부탁해서 수현 씨와 한번 만나게 해주시면 안 되겠습니까?"

"제가 꽤 오래된 지수 씨 팔로워 중 한 명인데 저하고 친구 좀 맺어달라고 부탁해 주시면 안 됩니까?"

"도레미 퍼블릭 멤버들과 단체 미팅 한 번 주선해 주시면 안 됩니까?"

"사인 한 장만 받아주세요!"

"시구자로 한 번 더 초대해 주세요."

경기가 끝난 후 김태식은 팀원들에게 둘러싸였다.

김태식에게 앞다퉈 부탁하는 팀원들의 모습을 확인한 순간, 김대희는 머리 꼭대기까지 화가 치밀었다.

'투명 인간 취급을 하라니까!'

분명히 미리 말해두었건만, 팀원들은 김대희가 한 당부를 까맣게 잊고 김태식에게 먼저 다가갔다.

그 계기가 야구가 아니라 도레미 퍼블릭의 리더인 지수 때문이었지만, 화가 치미는 것은 어쩔 수 없었다.

"내 말이… 안 먹히기 시작했어!"

트레이드를 통해 김태식과 용덕수를 영입한 이철승 감독과 벌이기 시작한 일종의 파워 게임.

이 파워 게임에서 이기기 위한 전제 조건은 주장인 자신을 중심으로 팀원들이 하나로 똘똘 뭉치는 것이었다.

그런데 내부에서부터 먼저 분열이 일어나기 시작하면, 파워 게임에서 불리해질 수밖에 없었다.

어쨌든.

"오늘 경기에서 뭔가 보여줘야 해!"

막연한 불안감이 아니었다.

여러 가지 측면에서 점점 김대희는 불리해지고 있었다.

이대로 계속 부진이 이어진다면, 설마 했던 주전 경쟁에서 김태식에게 밀릴 수도 있다는 생각이 퍼뜩 들었다.

플래툰 시스템으로라도 기용되면서 기회가 주어질 때, 자신이 부진의 터널에서 벗어나고 있다는 것을 보여줘야 했다.

"잘하자!"

다시 한번 각오를 다진 김대희가 그라운드로 향했다.

따악!

2회 말 선두 타자로 나선 이명기는 깔끔한 좌전 안타를 때려냈다.

무사 1루 상황에서 타석에 들어선 김대희가 첫 안타를 허용하고 고개를 갸웃하는 최동현에게 강렬한 시선을 던졌다.

'찬스는 찾아왔어!'

루상에 주자를 두고 타석에 들어서는 것이 김대희 입장에서는 다행이었다.

또, 자신도 있었다.

'최동현의 직구 구속에는 배트 스피드가 따라가고도 남아!'

최근 들어 직구에 약점을 드러내고 있긴 하지만, 최동현이 던지는 직구 최고 구속은 120㎞대 중반에 불과했다.

그래서 김대희가 충분히 공략이 가능하다고 판단한 순간, 최동현이 와인드업을 마치고 초구를 던졌다.

슈아악! 퍽!

'몸 쪽 직구?'

최동현의 초구를 지켜본 김대희가 허를 찔린 표정을 지었다.

전광판에 123㎞의 구속이 찍힌 직구는 눈에 확 들어올 정도로 느렸다.

그런데 그 느린 직구를 과감하게 몸 쪽으로 꽂아 넣을 것이라고는 김대희도 전혀 예상치 못했다.

'배짱이 좋은 거야? 제구가 안 된 거야?'

포수에게서 공을 돌려받는 최동현을 바라보던 김대희가 혀를 내둘렀다.

둘 중 어느 쪽인지 전혀 짐작이 가지 않았다.

그렇지만 자신감이 넘치는 최동현의 표정을 보니, 제구 실수는 아닌 것처럼 보였다.

고작 120㎞대 초반의 직구를 던져놓고 마치 언터처블에 가까운 160㎞대의 직구를 뿌린 것처럼 자신만만한 표정을 짓고 있는 최동현을 확인한 김대희는 하마터면 실소를 터뜨릴 뻔했다.

'하나 더 던져라. 이번엔 절대 놓치지 않을 테니까!'

김대희가 속으로 소리쳤다. 그리고 내심 직구를 기다리고 있을 때였다.

슈아악!

최동현의 손을 떠난 2구째 공이 날아들었다.

부우웅.

역시 몸 쪽으로 날아든 공을 향해 김대희가 힘차게 배트를 휘둘렀다. 그렇지만 김대희가 휘두른 배트는 허공을 갈랐다.

'싱커?'

최동현이 2구째로 던진 공은 직구가 아니었다. 구속은 직구와 엇비슷했지만, 홈 플레이트를 통과하는 순간 뚝 떨어지는 싱커였다.

노 볼 투 스트라이크.

헛스윙을 하며 불리한 볼카운트에 몰린 김대희가 고개를

갸웃했다.

똑같은 투구 동작에서 던져내는 직구와 싱커를 구분하기 어려웠다.

구속 차이가 거의 나지 않기에 더욱 그랬다.

'이래서 올 시즌에 주목을 받고 있구나!'

최동현을 노려보던 김대희가 배트를 고쳐 쥐었다. 그래봐야 직구와 싱커의 구속은 채 125㎞가 되지 않았다.

'수 싸움은 필요 없어!'

굳이 수 싸움을 하면서 어렵게 승부를 펼칠 필요가 없다는 생각이 들었다.

최동현이 던지는 공을 직접 눈으로 보고 나서 대처해도 충분하다는 판단을 김대희가 내렸다.

그 정도로 최동현의 공은 느렸다.

슈악!

와인드업을 마친 최동현의 손을 떠난 공을 김대희가 지켜보았다.

'더 느려!'

1구와 2구째보다 더 느린 공이었다.

스트라이크존을 통과하는 밋밋한 커브.

'실투다!'

부우웅.

따악!

김대희가 최동현이 던진 실투를 놓치지 않기 위해서 배트의 속도를 의식적으로 늦추며 공을 맞췄다.

10. 포넘 시구

"왜… 이런 결과가 자꾸 나오는 거지?"

수비 위치에 선 김대희가 눈살을 찌푸렸다.

3타수 무안타.

오늘 경기 세 차례 타석에 선 김대희는 단 하나의 안타도 때려내지 못했다.

게다가 첫 타석과 두 번째 타석에서는 잇따라 병살타를 때려내서 아까운 찬스를 무산시켰다.

오늘 경기의 중요성을 알고 있기에 잘하고 싶었다. 그리고 최동현의 느린 공을 보며 충분히 공략이 가능할 것이라 판단했다.

그렇지만 결과는 좋지 않았다.

무사 1루에서 들어섰던 첫 타석에서 때린 타구는 배트 중심에 제대로 걸렸다.

해서 안타가 될 거라 기대했지만, 타구의 코스가 좋지 않았다.

유격수 정면으로 향한 잘 맞은 타구는 병살타가 됐다.

두 번째 타석에서 때린 타구 역시 정타였다.

타이밍이 조금 빠르긴 했지만, 배트 중심에 걸렸다. 그러나 이번에는 3루수 정면으로 향하면서 역시 병살타로 이어졌다.

세 번째 타석은 조금 달랐다.

구속이 110㎞대 초반인 느린 커브 두 개를 잇따라 던져서 스트라이크를 잡아낸 최동현이 던진 4구째 빠른 직구에 속절없이 당했다.

루킹 삼진.

"표현이… 틀렸군!"

원 볼 투 스트라이크 상황에서 최동현이 던진 몸 쪽 직구에 배트도 내밀어 보지 못하고 삼진을 당하던 순간을 떠올린 김대희가 고개를 절레절레 흔들었다.

전광판에 찍혀 있던 직구의 구속은 126㎞.

물론 최동현이 오늘 경기에서 던진 직구들 가운데 가장 빨랐던 것은 사실이었지만, 빠른 직구라고 표현하기에는 너무 느렸다.

그럼에도 불구하고 김대희는 최동현이 던졌던 직구가 무척 빠르게 느껴졌다.

"꼭 150㎞대의 직구처럼 느껴졌어!"

당시의 김대희는 타석에서 배트를 내밀어 볼 엄두도 내지 못하고 그저 움찔했던 것이 전부였다. 그리고 120㎞대 중반에 불과한 최동현의 직구가 마치 150㎞를 상회하는 직구처럼 느껴졌던 이유는 착시 효과였다.

110㎞대 초반의 느린 커브가 눈에 익은 상황에서 구속 차이가 약 15㎞ 이상 나는 직구가 들어와서 더 빠르게 느껴졌던 것이었다.

"더 어렵겠군."

김대희가 한숨을 내쉬었다.

첫 타석에서 병살타를 기록하긴 했지만, 당시만 해도 다음 타석에서 최동현의 느린 공을 공략할 수 있다는 자신감이 있었다.

그러나 두 번 더 타석에 들어서고 난 지금은 자신감이 사라져 있었다.

빠르지는 않지만, 구속 차가 극심한 최동현의 공에 적응을 하기는커녕 타이밍을 맞추는 것이 더 어려워지고 있었다.

1 : 1.

어느덧 8회에 접어든 경기는 동점이었다.

심원 패롯스의 1선발인 톰 하디는 오늘도 믿음직한 모습을 보이며 든든히 마운드를 지키고 있었다.

그렇지만 톰 하디의 투구 수도 어느덧 100개에 가까워져 있었다.

조금씩 들썩이고 있는 넓은 등이 톰 하디가 지쳤다는 증거였다.

'아닌가?'

톰 하디의 등이 들썩이는 이유는 지친 것도 있지만, 다른 이유도 있다는 생각이 퍼뜩 들었다.

오늘 경기의 직구 최고 구속이 151㎞인 톰 하디인 반면, 최동현의 직구 최고 구속은 126㎞였다.

무려 25㎞의 구속 차이가 나는 상황.

그렇지만 심원 패롯스의 타자들은 최동현의 공을 전혀 공략하지 못했다.

겨우 저런 느린 공도 제대로 때리지 못하느냐?

톰 하디는 지금 심원 패롯스의 타자들에게 화가 나 있는 것이었다.

그리고 하나 더.

톰 하디는 혼신의 힘을 다해서 공을 던지고 있었다.

반면 느린 공을 던지는 최동현은 설렁설렁 던지는 느낌이었다.

그러나 결과는 큰 차이가 없었다.

두 투수 모두 똑같이 7이닝 1실점을 기록한 상태였다.

그로 인해 톰 하디는 상대적 박탈감을 느끼고 있을지도 몰랐다.

"수비가 중요해!"

김대희의 짐작이 틀리지 않다면 톰 하디는 멘탈이 흔들리고 있었다.

만약 지금 상황에서 수비가 흔들리며 실책이 나온다면 톰 하디가 와르르 무너질 가능성이 충분했다.

'집중하자!'

김대희가 수비 자세를 낮추었을 때였다.

슈아악!

따악!

톰 하디가 던진 공을 타자가 받아쳤다.

배트 중심에 걸린 타구는 3루 선상을 타고 빠르게 굴러왔다.

'잡을 수 있다!'

베이스 쪽으로 몸을 던지며 김대희가 글러브를 쭉 내밀었다.

타이밍은 완벽했다.

김대희가 내민 글러브 속으로 선상을 타고 빠져나갈 것 같던 강습 타구가 들어왔다.

'됐다!'

속으로 쾌재를 부르던 김대희의 표정이 무섭게 굳어졌다.

체중을 지탱하기 위해서 오른손을 바닥을 짚기 직전, 불쑥 두려움이 깃들었다.

고질적인 손목 통증.

최근 들어서 간신히 통증이 사라지긴 했지만, 아직 완쾌가 된 것은 아니었다.

만약 지금 다시 오른 손목에 무리가 간다면, 통증이 다시 재발할 수도 있다는 두려움이 생겼다.

쿵!

몸을 날린 후 떨어지는 순간, 바닥에 짚으려고 했던 오른손을 빼버린 것은 본능적인 판단이었다.

글러브를 낀 왼손으로 체중이 모두 쏠린 탓에 김대희는 순간적으로 중심을 잃었다. 그리고 글러브가 열리며 공이 빠져나갔다.

데구르르.

바닥을 구르며 멀어지고 있는 공을 확인한 김대희가 다시 일어서기 위해 애썼다. 그렇지만 이미 중심을 잃어버린 터라 뜻대로 몸이 움직이지 않았다.

휘청.

일어서기 위해 애쓰다가 다시 넘어진 김대희가 그대로 기어서 공을 쫓았다.

간신히 바닥을 구르는 공을 손으로 낚아채는 데 성공한 김대희가 벌떡 일어나 재빨리 몸을 돌렸다.

타자 주자의 위치를 파악한 김대희가 송구 자세를 취했다가 송구를 포기했다.

어느새 2루 베이스 근처에 도달해 있는 타자 주자를 잡아내기에는 늦었다고 판단했기 때문이다.

"빌어… 먹을!"

김대희가 고개를 아래로 떨궜다.

굳이 눈으로 확인하지 않아도 톰 하디의 잔뜩 화가 난 표정이 그려졌다.

또, 더그아웃에서 지켜보고 있을 이철승 감독의 싸늘한 시선도 그려졌다.

"야구, 때려치워라!"

"돈도 벌 만큼 벌었으니 은퇴해라."

"먹튀가 나타났다!"

꽈악!

관중석에서 터져 나온 비난의 말들이 귓가로 파고든 순간,

김대희가 오른손에 들린 공을 꽉 움켜쥐었다.

홈 팬들이 쏟아내는 비난이 당혹스러웠다.

그 비난들 가운데서도 김대희에게 가장 큰 충격으로 다가온 것은 마지막에 들려온 이야기였다.

"김태식, 나와라!"

김태식을 3루수로 출전시키라는 성난 고함 소리를 들은 순간, 김대희는 몸에서 힘이 쭉 빠져나가는 느낌이었다.

그라운드에 서 있는 것이 두려워진 순간, 김대희가 작게 혼잣말을 꺼냈다.

"정말… 이렇게 끝나는 건가?"

          *   *   *

"좋지?"

운전대를 잡고 있던 강철민이 웃으며 꺼낸 말을 듣고서 지수가 스마트폰으로 향해 있던 시선을 뗐다.

무슨 뜻일까?

지수가 의아한 시선을 던질 때, 강철민이 다시 말을 이었다.

"내가 전에 그랬잖아. 시구만 하면 인지도 확 올릴 수 있다고."

"……?"

"뭐야? 몰랐어? 아까부터 휴대폰 보고 있었잖아. 실시간 검색어 순위 확인하고 있었던 것 아냐?"

"아닌데."

"그럼 뭘 했는데?"

"그냥 이것저것."

"난 휴대폰 보면서 웃고 있길래 당연히 실시간 검색어 순위를 확인하고 있었던 건 줄 알았지."

지수가 아까부터 계속 손에서 놓지 않고 있었던 스마트폰을 바라보았다.

강철민의 짐작대로 지수는 포털 사이트의 실시간 검색어를 확인하지 않았다.

그냥 이것저것 하고 있었다고 대충 얼버무렸지만, 지수가 손에 쥐고 있던 휴대폰으로 한 일은 크게 두 가지였다.

하나는 까까오똑.

까까오똑은 전 국민이 다 쓰고 있다고 해도 과언이 아닌 스마트폰용 무료 통화 및 메신저 응용 프로그램이었다.

까까오똑에 접속해 있던 지수가 그날 김태식과 나누었던 대화를 떠올렸다.

"이거요."

"이걸 왜 저한테 주시는 거죠? 저도 휴대폰 있습니다."

"그게 아니라……."

"……?"

"김태식 선수 휴대폰 번호 좀 찍어주세요."

그날, 잔뜩 용기를 내서 김태식의 휴대폰 번호를 알아내는 데 성공했다. 그리고 김태식의 번호를 바로 저장했다.

까까오똑의 특성상, 상대의 휴대폰 번호가 저장되어 있는 경우 친구로 등록되게 마련이었다.

그런데 아무리 찾아봐도 김태식은 친구로 등록이 되지 않았다.

'왜지?'

생각나는 이유는 한 가지밖에 없었다.

김태식이 그의 휴대폰에 까까오똑을 설치하지 않았기 때문이라는 것.

그렇지만 쉽사리 납득이 가지 않았다.

전 국민이 다 쓴다고 해도 과언이 아닌 까까오똑을 김태식이 설치해서 사용하지 않을 확률은 낮았다.

자신이 미처 파악하지 못한 다른 이유라도 있는 것일까?

그 이유를 명확히 알지 못해 답답해하면서 지수가 한 일은 계속 휴대폰을 노려보는 것이었다.

물론 아무런 이유도 없이 그냥 노려보기만 한 것은 아니었다.

지수는 김태식에게서 먼저 전화가 걸려오기를 기다리면서 휴대폰을 계속 노려보고 있었던 것이었다.

"그렇게 멍하니 있지 말고 포털 사이트로 들어가서 실시간 검색어 순위 한번 확인해 봐. 아주 난리도 아니니까."

강철민의 재촉을 듣고서 지수가 마지못한 표정으로 포털 사이트에 접속했다.

"어때? 죽이지?"

포털 사이트의 실시간 검색어 순위를 확인한 지수의 눈이 커졌다.

실시간 검색어 순위

1위. 지수 시구

2위. 도레미 퍼블릭 지수

3위. 포넘 시구

4위. 삼송 채용

5위. 맨유 리버풀

6위. …

7위. …

8위. …

9위. 최동현

10위. 톰 하디

강철민이 호들갑을 떨 만했다.

포털 사이트의 실시간 검색어 순위 1, 2위에 자신의 이름이 떠올라 있었다.

"어떻게 된 거야?"

"이게 다 시구 덕분이지."

"시구?"

"지수, 네가 한 시구, 아주 난리가 났다. 시구하는 폼도 죽이고, 공도 끝내줬다고 야구팬들 사이에서 입소문이 쫙 퍼졌어, 덕분에 관련 기사도 많이 떴고, 네가 했던 시구의 동영상 조회 수도 벌써 100만을 돌파했어."

"반응이 그 정도였어?"

지수가 놀란 표정을 감추지 못하고 있을 때였다.

"너도 봤잖아. 실검 순위 1위부터 3위까지 싹쓸이한 것."

강철민이 콧김을 내뿜으면서 꺼낸 말을 들은 지수가 고개를 갸웃했다.

실검 순위 1위와 2위에는 지수의 이름이 떠올라 있었다. 그렇지만 3위에 올라 있는 '포넘 시구'는 자신과 관련이 없다고 여겼는데.

"실시간 검색어 순위 3위에 올라 있는 포넘 시구란 것도 내가 했던 시구와 관련이 있는 거야?"

"당연하지."

"포넘 시구가 무슨 뜻인데?"

"아, 그거. 네가 한 시구 이름이야."

"내가 한 시구의 이름?"

"그래. 네티즌들이 발 빠르게 기가 막힌 이름까지 지어줬지. 포넘 시구, 포수를 넘어뜨린 시구의 줄임말이야."

지수가 시구를 했을 때, 공을 받았던 포수가 넘어졌던 것이 떠올랐다.

포수였던 용덕수의 우스꽝스러웠던 연기 덕분에 포넘 시구란 그럴듯한 이름을 얻고 더욱 화제가 된 듯 보였다.

"처음 뵙겠습니다. 저는… 월드 스타 용덕수라고 합니다. 이렇게 만나 뵙게 돼서 영광입니다."

지수의 머릿속에 용덕수를 처음 만났던 순간이 떠올랐다.

김태식의 앞으로 다가갈 때, 마침 그의 앞에 서 있던 용덕수가 더듬거리며 꺼냈던 인사말이었다.

당시에는 그 인사말을 귀담아듣지 못했다.

약 이십 년 만에 우연히 다시 조우하게 된 김태식에게 지수의 모든 신경이 쏠려 있었기 때문이다.

그런데 이제 와 곱씹어보니 특이한 부분이 존재했다.

용덕수는 스스로 월드 스타라고 밝혔었다.

"용덕수라는 포수, 알아?"

"응? 알긴 하지."

"엄청나게 유명한 선수야?"

11. 대수비

"유명하냐고? 왜 그렇게 생각하는데?"

"자기 입으로 월드 스타라고 밝혔었거든."

"아! 너한테 그렇게 말했어?"

"응."

"하하핫! 진짜 웃기는 놈이네. 자기 입으로 월드 스타라고 떠들다니."

"월드 스타가 아냐?"

"그게… 월드 스타가 맞긴 해. 그런데… 좀 특이하게 유명해졌어."

"……?"

"원래는 육성 선수 출신이었어. 아, 지수 넌 육성 선수가 뭔지 모르겠구나. 그러니까 육성 선수는 드래프트에서 정식으로 지명된 선수가 아니고, 가능성을 보고 입단 계약을 맺은 선수야. 쉽게 말해서 언제든지 해고될 수 있는 계약직 인턴이라고 보면 돼. 불과 얼마 전까지만 해도 1군 경기에 한 번도 출전하지 못했기 때문에 용덕수란 선수의 존재도 모르는 사람들이 대부분이었어. 그런데 어리바리한 플레이 하나 때문에 단숨에 월드 스타가 됐지. 어떻게 된 거냐면……."

강철민의 설명을 끝까지 들은 지수가 실소를 터뜨렸다.

당시의 황당한 상황이 눈앞에 그려졌기 때문이다.

"재밌는 사람이네."

환하게 웃던 지수가 이내 웃음을 지웠다.

용덕수에 대해 떠올리자, 자연스레 김태식에게로 생각이 미쳤기 때문이다.

'왜 연락이 없을까?'

혹시나 하는 생각에 지수가 다시 스마트폰을 바라보았다. 그러나 여전히 전화는 걸려와 있지 않았다.

해서 실망한 기색을 드러내던 지수가 눈을 크게 떴다.

스마트폰 화면에 떠올라 있는 실시간 검색어 순위에서 낯익은 이름을 발견했기 때문이다.

실시간 검색어 순위

1위. 지수 시구

2위. 도레미 퍼블릭 지수

3위. 포넘 시구

4위. 김태식

5위. 톰 하디

6위. …

실검 순위 1위에서 3위는 변화가 없었다.

그렇지만 4위에는 김태식의 이름이 떠올라 있었다.

'왜 김태식이 실검 순위에 올랐을까? 내가 알고 있는 그 김태식이 맞는 걸까?'

실검 순위에 올라 있는 김태식의 이름을 뚫어져라 바라보던 지수가 호기심을 풀기 위해서 입을 열었다.

"저기."

"응?"

"혹시 지금 야구하는 시간이야?"

"지금?"

오후 8시 55분이라고 적힌 차 안의 전자시계를 힐끗 확인한 강철만이 고개를 끄덕이며 대답했다.

"아직 안 끝났겠네. 지금 경기 후반 승부처에 접어들었겠는데."

"하나 더."

"또 뭐가 궁금한데?"

"야구 시합 중에는 휴대폰을 사용 못 해?"

"당연히 사용 못 하지. 더그아웃에도 갖고 들어갈 수 없을걸. 네가 무대에 오를 때 휴대폰 안 갖고 올라가는 것과 마찬가지야."

"그렇구나."

강철민의 대답을 들은 지수의 표정이 조금 밝아졌다.

김태식이 일부러 연락을 하지 않는 게 아니라는 것을 안 덕분이었다.

"마지막으로 하나만 더."

"말해."

"스마트폰으로 야구 시합을 볼 수 있어?"

"당연히 볼 수 있지."

"어떻게 보는 건데?"

"그건 어렵지 않아. 일단 포털 사이트로 들어가. 그러고 나서 스포츠 분야 쪽으로 이동을 한 다음에⋯⋯."

강철민의 설명대로 스마트폰을 조작하던 지수가 고개를 들었다.

그의 설명이 계속 이어지지 않고 도중에 끊겼기 때문이다.

고개를 든 지수의 눈에 자신을 빤히 바라보는 강철민이 들어왔다.

"왜 그렇게 봐?"

"너 진짜 변했구나."

"뭐가?"

"드디어 야구의 매력에 풍덩 빠진 거야?"

"응. 보면 볼수록 재밌더라고?"

"그래? 알고 보니까 재밌지?"

"응. 그러니까 빨리 어떻게 야구를 볼 수 있는지 알려줘."

"아까 내가 어디까지 설명했었지?"

강철민의 이어진 설명을 들으며 지수가 스마트폰을 조작했다.

잠시 뒤, 지수의 손에 들려 있는 스마트폰 화면에 김태식의 모습이 떠올랐다.

                    *   *   *

1 : 2.

팽팽하던 경기의 균형은 8회 초에 깨졌다.

역전의 빌미가 된 실점의 시발점은 선발 3루수로 오늘 경기에 나섰던 김대희가 범한 실책이었다.

뛰어난 반사 신경을 자랑하며 강습 타구를 쫓아가 글러브 속에 넣을 때까지만 해도 대단한 호수비였다.

문제는 후속 동작에서 발생했다.

몸을 날리면서 타구를 잡아내는 데는 성공했지만, 김대희는 착지 과정에서 부자연스러운 동작과 함께 몸의 중심을 잃었다.

그 과정에서 글러브 속에 들어가 있던 공이 빠져나왔고, 그 공을 재차 잡아서 송구하려던 김대희는 마음이 너무 앞섰다.

또 한 번 휘청이면서 중심을 잃었고, 간신히 공을 다시 잡아서 일어섰을 때는 타자 주자가 2루 베이스에 거의 도착해 있었다.

김대희의 실책과 타자 주자의 기민한 베이스러닝이 합쳐진 결과.

2루타가 될 뻔한 강습 타구를 막아내는 데 성공했음에도 불구하고, 결국 실책으로 인해서 타자 주자에게 2루 베이스를 허용한 것이었다.

스스로에게 실망한 걸까.

고개를 푹 떨구고 있는 김대희를 지켜보며 태식이 작게 중얼거렸다

"손목 때문이야!"

더그아웃에서 김대희의 수비 실책 과정을 유심히 지켜본 태식이 주목한 것은 착지 과정에서 발생한 부자연스러운 동작이었다.

마지막 순간에 김대희는 체중을 지탱하기 위해 뻗었던 오른손을 뺐고, 그로 인해 중심을 잃게 된 것이었다.

태식은 김대희가 그런 선택을 한 이유를 짐작할 수 있었다.

부상과 통증이 재발할지도 모른다는 두려움.

태식 역시 선수 생활을 하는 동안 여러 차례 부상을 당하고 시달렸다. 그래서 부상 재발에 대한 두려움이 얼마나 큰지 잘 알고 있었다.

이성이 아닌 본능.

아까 김대희가 착지 과정에서 오른손을 뺀 것은 머리가 시켜서 한 것이 아니라 본능적인 움직임이었다.

"김태식, 대수비로 나간다!"

공격에서는 3타수 무안타에 병살타 2개로 부진했고, 수비에서도 실책을 범해 무사 2루의 위기를 허용하자, 이철승 감독은 더 기다리지 않고 김대희의 교체를 지시했다.

그렇지만 실점을 막기에는 역부족이었다.

희생번트에 이은 외야플라이로 대승 원더스는 득점을 올렸다.

8회 말과 9회 말.

심원 패롯스에게 남은 공격 기회는 두 번뿐이었다.

9회에는 국내 최고의 마무리 투수로 손꼽히는 대승 원더스의 마무리 투수인 김연경이 올라올 가능성이 높은 상황이니, 8회 말에 동점 내지 역전을 만들어내지 못하면 어려웠다.

2번 타순부터 시작하는 심원 패롯스의 8회 말 공격.

마운드는 여전히 최동현이 지키고 있었다.

'찬스가 올까?'

태식이 최동현이 투구하는 모습을 살폈다.

따악!

2번 타자 임현일은 최동현이 던진 초구에 과감하게 스윙을 했다. 그렇지만 타구는 멀리 뻗지 못하고 중견수에게 여유 있게 잡혔다.

뜻대로 타격이 이뤄지지 않기 때문일까?

고개를 갸웃하면서 더그아웃으로 돌아오는 임현일을 바라보던 태식이 떠올린 것은 타이밍이었다.

최동현의 공은 느렸다.

현재 1군 무대에 등록되어 있는 투수들 가운데 구속이 가장 느린 편이었다. 그래서 타자들은 쉽게 생각하고 타석에 들어서서 최동현을 상대했다.

그러나 결과는 좋지 않은 경우가 대부분이었다.

빗맞는 타구가 많았고, 배트 중심에 잘 맞은 타구는 야수 정면으로 향했다.

처음에는 야수 정면으로 향하는 잘 맞은 타구가 많은 것이 우연이라고 생각했다. 그렇지만 지금은 생각이 조금 바뀌었다.

'템포를 조절하는 거야!'

야수 정면으로 향하는 잘 맞은 타구가 많은 이유는 최동현이 타자와의 싸움을 펼치면서 템포를 조절하기 때문이었다.

배트 스피드, 스윙의 크기, 스윙의 궤적 등등.

최동현은 신인답지 않게 타자와의 승부 시 무척 노련했다.

경기 전에 타자에 대해서 철저하게 분석하고 나서, 템포와 타이밍을 빼앗는 투구를 하고 있었다.

'노력파야!'

최고 구속 120㎞대 중반의 직구.

최동현이 프로 무대에 입문했을 당시, 구속이 느린 그의 공을 보고 모두가 프로 무대에서 버티지 못할 것이라고 판단했을 것이었다.

그렇지만 최동현은 프로 무대에서 살아남았을 뿐만 아니라, 올 시즌 벌써 7승 수확을 눈앞에 두고 있었다.

느린 공을 던지는 투수로 프로 무대에서 살아남기 위해서 최동현이 얼마나 많은 노력을 했을지 그림이 그려졌다.

"볼넷!"

그사이, 3번 타자 최순규와 풀카운트 승부를 펼치던 최동현은 볼넷을 허용했다.

바깥쪽 스트라이크존을 살짝 걸친 것처럼 보이는 느린 커브였지만, 주심은 조금 낮았다고 판단했다.

볼넷이 선언된 순간, 최동현은 볼을 부풀리며 못내 아쉬운 기색을 드러냈다.

그러나 실망한 기색은 없었다.

최동현의 표정에는 여전히 자신감이 넘쳤다.

후속 타자들을 범타로 돌려세울 수 있다는 확신을 갖고 있었다. 그리고 최동현의 자신감은 오만이 아니었다.

딱!

심원 패롯스의 4번 타자인 이명기를 상대로 빗맞은 내야 땅볼을 유도해 냈다.

'병살은 없어!'

대기 타석에서 타구를 지켜보고 있던 태식이 안도의 한숨을 내쉬었다.

데굴데굴.

이명기가 휘두른 배트 끝부분에 걸린 타구는 느리게 굴러갔다.

맹렬하게 앞으로 대시한 유격수가 글러브가 아닌 맨손을 타구를 향해 뻗었다.

송구까지 걸리는 시간을 줄여서 더블플레이를 만들어내기
위한 승부수.

그렇지만 그 승부수가 패착이 됐다.

이명기가 친 느리게 굴러가는 타구는 스핀을 잔뜩 먹었다.

툭.

그로 인해 유격수는 한 번에 공을 잡지 못하고 더듬었다.

2루 주자를 잡는 것은 늦었다고 판단한 유격수가 1루로 공
을 뿌렸지만, 간발의 차이로 세이프가 선언됐다.

의욕이 앞선 유격수의 실책으로 인해 1사 1, 2루의 찬스가
만들어진 순간, 태식이 타석으로 들어섰다.

'움직이지 않는다?'

타석에 들어선 태식이 가장 먼저 살핀 것은 대승 원더스 더
그아웃의 반응이었다.

1점차로 앞서고 있는 상황.

경기 후반부인 8회 말 1사 1, 2루의 위기 상황에 처했으니,
투구 교체를 감행할 가능성도 충분하다고 태식은 판단했다.

그렇지만 대승 원더스 감독인 정재영의 판단은 달랐다.

최동현을 믿는 걸까?

아니면, 마무리 투수인 김연경을 투입하기에는 8회 1사 상
황인 지금은 너무 이르다고 생각한 걸까?

둘 중 어느 쪽인지는 몰랐지만, 정재영 감독은 움직이지 않았다.

그것을 확인한 후에야 태식이 최동현과의 대결에 집중하기 시작했다.

'집중하자!'

오늘 경기에 대수비로 출전한 태식에게는 이번 타석이 처음이자 마지막 타석이 될 확률이 높았다.

승리가 꼭 필요한 중요한 경기.

이번 타석에서 경기를 역전시켜야 했다.

해서 최대한 집중하기 위해서 노력하던 태식이 흠칫했다.

'달라!'

평소와 타석에 들어섰을 때의 느낌이 달랐다. 그런데 정확히 무엇이 달라진 것인지 파악하기 어려웠다.

'뭘까?'

그 이유를 찾아내지 못한 태식의 신경이 잔뜩 곤두섰다.

'이대로는 곤란해!'

투수만 예민한 동물이 아니었다.

이번 경기에서 단 한 타석만 소화할 가능성이 높은 태식이었다.

굳이 비교를 하자면, 현재 타석에 들어서고 있는 태식의 입장은 마무리 투수인 클로저와 비슷했다.

그래서 타석에서 뭔가 달라진 원인을 찾지 못하는 상황이 길어지자, 오롯이 집중하기 힘들었다.

'대체 뭐가 달라졌지?'

투수와 수비수들의 위치, 그리고 더그아웃의 분위기까지.

평소와 다른 부분을 찾기 위해서 분주하게 움직이던 태식의 시선이 멈춘 곳은 관중석이었다.

승부처임을 직감해서일까.

쥐 죽은 듯이 고요하게 변해 있는 관중석이 낯설었다.

적막이 흐르고 있는 관중석을 살피던 태식은 비로소 무엇이 평소와 달라졌는지 깨달을 수 있었다.

야유!

태식이 타석에 들어설 때마다 심원 패롯스 홈 팬들의 야유가 쏟아졌었다.

트레이드로 이적한 처음에 비해서는 야유 소리가 점점 줄어들고 있었지만, 야유는 꾸준히 쏟아졌었다.

그런데.

지금 타석에 들어서 있는 태식에게 홈 팬들의 야유가 쏟아지지 않았다.

'야유가… 사라졌다!'

그 사실을 깨달은 태식의 입가로 희미한 미소가 머금어졌다.

야유 소리가 사라졌지만, 환호 소리도 없었다.

침묵에 휩싸여 있는 그라운드 위에 선 채 태식이 문득 떠올린 것은 온도였다.

섭씨 0℃.

태식과 용덕수가 트레이드를 통해 심원 패롯스로 옮겼을 때, 심원 패롯스 팬들의 분노는 임계점까지 달아올랐었다. 그러나 태식과 용덕수의 꾸준한 활약이 그 분노의 온도를 조금씩 낮추었다.

덕분에 야유도, 환호도 사라진 지금 상황이 꼭 섭씨 0℃처럼 느껴졌다.

"다시… 데워야지."

분노가 아닌 환호로.

0℃로 가라앉은 심원 패롯스 팬들의 마음을 뜨겁게 달아오르게 만들고 싶다는 욕심이 들었다.

지금이 바로 그 변화가 시작되려는 기점이었고.

'기회가 찾아왔군!'

심원 패롯스로 팀을 옮긴 후, 태식이 최우선 목표로 삼았던 것이 바로 홈 팬들을 자신의 편으로 만드는 것이었고, 비로소 그 기회가 찾아온 셈이었다.

'이 기회를… 절대 놓치지 말자!'

태식이 속으로 각오를 다졌다.

미묘한 변화.

아까는 그 변화가 생긴 원인을 찾지 못해서 혼란스러웠다.

그러나 지금은 또 달랐다.

관중들의 야유가 사라졌다는 변화의 원인을 알아챈 덕분에 태식은 다시 오롯이 경기에 집중하기 시작했다.

'타이밍 싸움!'

타석에 선 태식이 두 눈을 빛냈다.

이번 대결의 관건은 결국 타이밍이었다.

최동현의 느린 공에 타이밍을 정확히 맞출 수 있는가 여부에 따라서 이 대결의 승패가 갈릴 것이었다.

'강하게 때리려고 하면 안 돼!'

조금 전, 대기 타석에서 이명기가 최동현의 공을 타격하는 모습을 지켜보면서 태식이 깨달은 것이었다.

최동현의 느린 공을 공략할 수 있다는 자신감이 있었기 때문일까.

이명기는 장타를 의식하고 큰 스윙을 가져갔다.

그러나 타격의 결과는 좋지 않았다.

빗맞은 타구는 내야 땅볼이 됐다.

만약 유격수가 실책을 범하지 않았다면 병살 플레이로 연결이 될 수도 있었던 힘없는 타구였다.

슈아악!

그사이, 와인드업을 마친 최동현이 초구를 던졌다.

느린 커브는 포물선을 그리면서 스트라이크존을 통과했다.

117km.

후우.

전광판에 찍힌 구속을 확인한 태식이 크게 심호흡을 했다.

처음부터 초구를 공략할 생각이 없었다.

더그아웃과 대기 타석에서 최동현의 공을 지켜보는 것과, 직접 타석에 서서 경험하는 것은 분명히 달랐다.

해서 일부러 승부를 서두르지 않았다.

최동현의 공이 얼마나 느린지 직접 경험하고 느껴보는 것이 필요하다는 판단을 내렸기 때문이다.

그리고.

타석에서 직접 경험한 최동현의 공은 태식이 미리 짐작했던 것보다 훨씬 더 느렸다.

'이래서였구나!'

"스트라이크!"

주심이 스트라이크를 선언한 순간, 태식이 희미하게 고개를 끄덕였다.

이명기와 김대희를 비롯한 심원 패롯스 타자들이 장타를 의식하고 크게 배트를 휘두른 이유를 깨달았기 때문이다.

완벽하게 공략이 가능하다는 확신이 들 정도로 최동현의

공은 느렸다.

그러니 타자로서 욕심이 생기는 것이 당연했다.

실제로 태식도 장타에 대한 욕심이 생겼다.

슈아악!

2구째로 들어온 공 역시 커브였다.

따악!

구속이 116㎞에 불과한 느린 커브를 태식이 노려 쳤다.

'노림수가 통했어!'

커브가 배트 중심에 걸린 순간, 태식이 속으로 쾌재를 불렀
다.

방금 때린 타구가 장타가 될 것임을 확신하며 1루로 향해
뛰어가던 태식이 도중에 걸음을 멈추었다.

'파울!'

좌익선상 안쪽에 떨어지는 2루타가 될 거라고 확신했는데.

정작 태식이 날린 타구는 파울라인을 약 2미터가량 벗어난
곳에 떨어졌다.

'왜?'

다시 타석으로 돌아오던 태식이 고개를 갸웃했다.

분명히 완벽한 타이밍에 밀어 친 타구라고 판단했다. 그런
데 결과는 안타가 아닌 파울이 됐다.

간발의 차로 파울이 된 것도 아니었다.

라인을 무려 2미터가량 벗어난 파울이었다.

바닥에 내던졌던 배트를 다시 주워 돌아오면서 태식이 최동현을 살폈다.

그런 그의 표정에는 여유가 묻어났다.

마치 이런 결과가 나올 것을 미리 예상한 것처럼.

최동현의 표정을 확인한 태식이 스스로를 자책했다.

이미 더그아웃과 대기 타석에서 심원 패롯스 타자들이 최동현의 공에 고전하는 것을 쭉 지켜본 후였다.

그 과정에서 충분히 교훈을 얻었다.

그런데 정작 타석에 들어선 순간, 태식은 그 교훈을 까맣게 잊어버렸다. 그리고 다른 타자들처럼 욕심을 냈다.

'멍청하긴!'

지금까지 욕심이 생겼기 때문에, 심원 패롯스 타자들은 스윙이 커졌다. 그리고 아까도 말했듯이 심원 패롯스 타자들이 욕심을 부린 결과는 좋지 않았다.

최동현의 공에 타이밍을 제대로 맞추지 못해서 빗맞거나, 잘 맞은 타구는 야수 정면으로 향했다.

'타자들이 욕심을 부려서 스윙을 크게 가져가는 것, 그게 바로 최동현이 노리는 것이야!'

최동현의 노림수.

거기에 태식도 말려들어 간 것이었다.

'욕심을 버려야 해!'

타석에 선 태식이 최동현을 노려보았다.

1구와 2구.

최동현은 태식을 상대하면서 두 개의 공을 던졌다.

1구는 태식이 최동현이 던지는 공을 탐색한 것이라면, 2구는 최동현이 태식의 스윙을 확인한 것이었다.

'이제 내 스윙을 파악했다고 여기겠지!'

슈아악!

최동현이 던진 3구 역시 느린 커브였다. 차이가 있다면 몸쪽이 아니라 바깥쪽 코스라는 것이었다.

따악!

태식도 망설이지 않고 스윙을 했다.

그 타격의 결과는 아까와 엇비슷했다.

좌익선상 밖에 떨어지는 파울이 됐으니까.

그렇지만 2구를 공략했을 때와 다른 점은 분명히 있었다.

2미터가량 벗어났던 2구째 타격과 달리, 이번에는 1미터도 채 되지 않을 정도로 간발의 차로 파울라인을 벗어났다. 그리고 배트 중심에 걸린 터라 타구의 질도 훨씬 빠르고 힘이 실렸다.

태식이 최동현의 느린 공에 빠르게 적응하고 있다는 증거!

그 사실을 눈치채지 못했을 최동현이 아니었다. 그럼에도 불구하고 최동현은 당황한 기색이 아니었다.

오히려 환하게 웃고 있었다.

'이번 공이 승부구다!'

그 웃음을 확인한 태식이 배트를 고쳐 쥐었다.

김태식 VS 최동현.

단지 두 선수의 대결이 승부처의 다가 아니었다. 오늘 경기 양 팀의 운명을 가를 승부처이기도 했다.

와인드업을 마친 최동현이 힘차게 공을 뿌렸다.

슈아악!

그 순간 태식의 배트가 매섭게 돌아갔다.

따악!

경쾌한 타격음과 함께 타구가 살짝 떠올랐다.

1루수가 점프하며 글러브를 위로 내밀었지만, 타구는 1루수의 키를 살짝 넘기고 나서 떨어졌다.

열심히 타구를 쫓아간 우익수가 펜스 앞에서 타구를 잡는 데 성공했을 때, 태식은 2루 베이스 근처에 도달해 있었다.

송구가 홈으로 향하고 있음을 알아챈 태식은 2루에서 멈추지 않고 3루 베이스를 향해 내달렸다.

쐐애애액!

헤드 퍼스트 슬라이딩을 한 태식의 손이 3루 베이스에 닿았다. 그 순간 태식이 홈 플레이트 쪽으로 시선을 돌렸다.

"세이프!"

주심이 가로로 팔을 벌리는 것을 확인하고 베이스에 닿아 있던 주먹을 태식이 불끈 움켜쥐었다.

와아!

와아아!

태식의 적시타 덕분에 3 : 2로 극적인 역전을 이뤄낸 순간, 관중석에서 엄청난 환호성이 터져 나왔다.

8회 말.

태식의 적시타가 터져 나오면서 승부가 뒤집히자, 대승 원더스의 정재영 감독은 투수 교체를 단행했다.

최동현에 대한 미련을 버리고, 마무리 투수인 김연경을 마운드에 올렸다.

연패에 빠질 수도 있다는 위기감과 장마 전선의 영향으로 인해 내일 강수 확률이 90%가 넘는다는 기상청의 예보, 거기에 더해 재역전을 만들어낼 수 있다는 팀 타선에 대한 확신까지.

정재영 감독이 한 점 뒤진 상황에서 마무리 투수인 김연경을 올린 이유였다. 그리고 김연경은 정재영 감독의 기대에 부응했다.

1사 3루.

깊숙한 외야플라이 하나만 나와도 실점을 허용할 수 있는 위기 상황에서 마운드에 오른 김연경은 삼진과 내야 땅볼로 후속 타자들을 요리하면서 무실점으로 이닝을 마무리했다.

이어진 9회 초.

심원 패롯스의 마운드는 톰 하디가 지켰다.

슈아악!

톰 하디가 전력을 다해 던진 공이 홈 플레이트를 통과했다.

"스트라이크아웃!"

이번 공까지 더해 톰 하디의 투구 수는 123개.

그렇지만 톰 하디가 던지는 공의 위력은 경기 초반과 비교해 손색이 없었다. 아니, 오히려 9회 초에 마운드에 올라서 던지는 공이 경기 초반에 던졌던 공들보다 더욱 위력적으로 느껴졌다.

'홍이 올랐어!'

끝까지 경기를 책임지며 완투승을 노리고 있는 톰 하디의 들썩이는 등을 바라보던 태식이 희미한 웃음을 머금었다.

올 시즌, 최고의 외국인 투수 중 한 명이라는 평가를 받고 있는 톰 하디였지만, 승 수는 많이 쌓지 못한 편이었다.

7승 3패. 방어율 2.27.

전반기 마감까지 얼마 남지 않은 시점인 지금까지 7승을 수확하고 있었다. 그렇지만 리그 투수들 가운데 2위에 올라 있는 낮은 방어율을 감안하면, 톰 하디가 올린 승 수는 분명히 적은 편이었다.

수비 불안과 허약한 타선.

심원 패롯스의 두 가지 약점이 승리투수가 되기 직전에 톰 하디의 발목을 번번이 붙잡았던 것이었다.

오늘 경기도 마찬가지였다.

7이닝 1실점.

현재 리그 1위를 달리고 있는 대승 원더스의 막강 타선을 상대하면서도 톰 하디는 퀄리티 스타트 이상의 투구를 선보였다.

옥에 티는 8회 초에 나온 김대희의 실책이었다.

실점으로 연결된 김대희의 결정적인 실책으로 인해 톰 하디는 패전의 멍에를 뒤집어쓸 위기에 처했다.

예전이었다면 아마 그대로 경기가 끝났으리라.

그렇지만 8회 말에 뒤지고 있던 경기를 뒤집는 태식의 역전 적시타가 터져 나오면서 톰 하디는 승리투수가 될 기회를 얻었다.

트레이드를 통해 태식과 용덕수가 심원 패롯스에 합류하면서 달라진 변화.

심원 패롯스의 불펜에서는 진즉부터 마무리 투수인 정기하가 몸을 풀고 있었다.

내일 경기가 장맛비로 취소될 확률이 높은 상황인 데다가 연승을 이어나가고 싶어 하는 이철승 감독의 의지가 반영된 불펜의 움직임이었다.

그러나 정기하는 마운드에 올라오지 못했다.

완투승을 노리는 톰 하디는 9회 초에도 마운드에 올라왔고, 2명의 타자를 상대로 연속 삼진을 잡아냈다.

'팀 분위기가 올라왔어!'

투구 수가 무려 120개가 넘었음에도 톰 하디가 경기 초반보다 더 위력적인 투구를 보이는 이유는 홍이 올라서였다.

톰 하디만이 아니었다.

심원 패롯스의 팀 분위기를 전체적으로 끌어 올리는 역할을 한 태식의 적시타였다.

슈아악!

그 순간, 톰 하디가 혼신의 힘을 다해 공을 뿌렸다.

부우웅.

타자가 힘껏 휘두른 배트는 허공을 갈랐다.

"스트라이크아웃. 경기 종료!"

주심이 경기 종료를 선언한 순간, 톰 하디가 불끈 움켜쥔 주먹을 허공에 들어 올렸다.

153km.

전광판에 찍힌 구속을 확인한 태식이 씩 웃으며 마운드로 향했다.

톰 하디가 내민 주먹에 태식도 주먹을 들어 마주친 순간, 톰 하디가 고개를 숙여 인사하며 말했다.

"감사… 합니다."

어눌한 한국말.

그렇지만 톰 하디의 진심이 전해지기에는 충분했다.

"마지막 공, 최고였다!"

해서 태식이 환하게 웃으며 덧붙였을 때, 톰 하디가 예고도 없이 불쑥 다가와 태식을 껴안았다.

힘겹게 완투승을 거둔 기쁨을 주체하지 못한 톰 하디가 태식을 품에 안고 높이 들어 올렸다.

'힘 좋네!'

톰 하디에 의해서 허공에 들어 올려진 채 그의 팔 힘에 감탄하던 태식이 환하게 웃으며 생각했다.

'나는… 이제 진짜 심원 패롯스 팀의 일원이 됐구나!'

12. 팩트 폭격

우천 취소.

기상청의 예보가 들어맞았다.

밤부터 우중충하기 짝이 없던 하늘은 날이 밝자마자 본격적으로 장대비를 쏟아붓기 시작했다.

경기 진행이 불가능하다고 판단한 경기 감독관이 우천 취소를 결정한 순간, 태식은 못내 아쉬운 마음이 들었다.

7승 1패.

태식과 용덕수가 트레이드를 통해 합류한 후, 심원 패롯스가 지난 8경기에서 거둔 성적이었다.

연승을 거두면서 팀 분위기는 완연한 상승세를 타고 있는 상황.

게다가 리그 선두를 달리고 있는 대승 원더스를 상대로도 먼저 2승을 거두며 스윕을 목전에 두고 있었다.

만약 대승 원더스와의 3연전 마지막 경기가 우천 취소되지 않았다면, 심원 패롯스가 스윕을 거둘 가능성이 높다고 태식은 판단하고 있었기 때문이다.

이연수 VS 윤승민.

팀의 2선발과 4선발의 맞대결인 만큼, 선발투수의 무게 추는 심원 패롯스로 기울었다.

또, 최근 팀 분위기 역시 심원 패롯스의 우세가 분명했다.

이것이 태식이 스윕을 거둘 확률이 높다고 판단한 이유들.

해서 태식이 우천 취소로 인한 아쉬움을 곱씹고 있었지만, 용덕수는 우천 취소가 결정 나자 눈에 띄게 기뻐했다.

"형, 간만에 쉬게 됐는데 뭘 하실 겁니까?"

용덕수의 말처럼 예기치 못했던 휴식 시간이 찾아온 셈이었다. 그리고 막상 휴식 시간이 생기자 뭘 해야 할지 감을 잡기 어려웠다.

경기 출전, 훈련, 비디오 분석. 그리고 수면,

마치 다람쥐 쳇바퀴 돌듯이 반복되던 일상에서 갑자기 벗어나게 되자, 오히려 더 혼란스러운 느낌이었다.

"글쎄다. 뭘 할까?"

해서 태식이 난감한 표정을 짓고 있을 때였다.

"특별히 할 일이 없으시면, 간만에 고기 파티나 할까요?"

"고기 파티?"

"맥주도 딱 한 잔만 곁들여서."

자신의 눈치를 살피면서 용덕수가 넌지시 덧붙인 말을 들은 태식이 픽 하고 실소를 터뜨렸다.

'얼마나 놀고 싶을까?'

아직 젊은 용덕수의 마음이 충분히 전해졌다.

해서 맥주를 딱 한 잔만 마시자고 제안하는 용덕수를 탓하기도 어려웠다.

'어떻게 할까?'

우천 취소가 결정되면 아버지께서 입원해 계신 병원으로 찾아가는 것이 태식의 원래 계획 중 하나였다.

"애비는 괜찮으니까 찾아오지 마라. 간만에 휴가니까 너도 좀 놀아. 가끔씩은 야구를 잊고 노는 것도 훈련의 일환이야!"

태식이 전화를 걸어서 병원으로 찾아가겠다는 의사를 내비쳤을 때, 아버지에게서 돌아온 대답이었다. 그리고 인생 코치를 자처하고 계시는 아버지의 지시를 감히 거스르기는 어려웠다.

'장단을 좀 맞춰줄까?'

태식이 결심을 굳히고 입을 뗐다.

"고기 파티, 하자."

"진짜죠?"

"단, 메뉴는 돼지갈비다."

마음 같아서는 비싼 소고기를 사주고 싶었다.

그렇지만 넉넉지 않은 주머니 사정을 감안해서 태식이 덧붙이자, 용덕수는 실망한 기색 없이 바로 대꾸했다.

"대신 맥주는 포기 못 합니다."

"그래, 알았다."

태식의 허락을 득하는 데 성공한 용덕수가 마치 나라를 구한 장수처럼 기뻐했다.

그 모습을 지켜보며 태식이 고개를 절레절레 흔들 때였다.

지이잉. 지이잉.

태식의 구형 폴더폰이 진동했다.

액정에 떠올라 있는 발신자 번호를 확인한 태식이 살짝 눈을 치켜떴다.

*   *   *

"나름 좀 했네!"

자신의 앞으로 내밀어져 있는 심원 패롯스의 지난 10경기 성적을 확인하고 나서 유인수가 보인 반응이었다.

유인수가 보인 그 미지근한 반응이 송나영은 마음에 들지 않았다.

"나름이 아니라니까요."

울컥한 송나영이 언성을 높이자, 유인수가 움찔하며 등을 의자에 기댔다.

"야, 송 기자!"

"왜요?"

"너, 자꾸 잊는 것 같다."

"뭘요?"

"내가 상사라는 거 말이야."

이건 변하지 않는 현실이었다.

해서 송나영이 금세 기세를 잃어버리자, 유인수가 충고를 덧붙였다.

"시집도 안 간 처녀가 목소리가 이렇게 커서 어디 쓰겠어? 송 기자, 그렇게 목소리 크면 시집도 못 간다!"

그 충고를 들은 송나영이 두 눈을 빛냈다. 그리고 기회를 놓치지 않고 그 충고의 맹점을 파고들었다.

"오오. 방금 하신 말씀, 성차별적 발언인 거 아시죠?"

"야, 무슨 성차별적 발언씩이나."

"성차별 맞거든요."

"아니라니까. 다 널 걱정해서 하는 이야기……."

"됐고."

"야, 아직 내 말 다 안 끝났는데……."

"방금 캡이 성차별적 발언하는 거, 다들 들었죠? 나중에 회사 차원의 윤리위원회 열리면 방금 들었던 말씀 증언해 주셔야 해요."

두 사람 사이의 전황은 금세 뒤집혔다.

송나영이 공세로 전환하자, 유인수는 당황한 기색이 역력했다.

두 사람의 평소 관계에 대해 잘 알기 때문일까.

피식거리며 웃고 있는 사무실 내 직원들의 모습을 확인한 유인수가 한풀 기세가 꺾인 채로 입을 열었다.

"오케이. 성차별적 발언했던 거 인정. 내가 사과한다. 이제 됐냐?"

"아직 안 됐거든요."

"기어이 고소라도 해야 속이 시원한 거야?"

"에이, 우리 사이에 고소씩이나 하는 것은 좀 그렇죠. 그동안 쌓은 정이 있는데."

"그럼 어쩌자는 거야?"

유인수가 답답한 표정으로 질문을 던진 순간, 송나영이 재빨리 말했다.

"제가 쓴 기사. 1면 톱으로 내보내 줘요."

"뭐?"

"성차별적 발언하신 것 그냥 넘어가 줄 테니까, 대신 이 기사를 1면 톱으로 내보내 달라고요."

송나영이 생긋 웃으며 덧붙였다.

뒤늦게 자신이 함정에 빠졌다는 사실을 깨달은 유인수가 난감한 기색을 드러냈다.

"야, 이건 1면 톱으로는 약하잖아."

"왜 약해요?"

"김태식이랑 용덕수가 트레이드를 통해서 합류한 후에 심원 패롯스의 성적이 잘 나온다는 건 나도 알아. 그렇지만 지난 10경기 성적이 겨우 7승 3패잖아. 이 정도 성적 갖고 1면 톱에 올리는 건 너무 오버가 아닐까?"

"오버 아닙니다."

"그렇지만……."

"제 얘기 좀 더 들어보시죠?"

"또 무슨 얘기?"

"팩트 폭격 해드릴게요."

"팩트… 폭격?"

당최 영문을 모르겠다는 표정을 짓고 있는 유인수에게 송나영이 예고한 대로 팩트 폭격을 가하기 시작했다.

"지난 10경기에서 심원 패롯스가 거둔 성적이 7승 3패이고, 이걸로 1면 톱에 내보내기에 약하다는 거, 저도 인정합니다."

"너도 인정하면서……."

"캡!"

"왜?"

"아직 제 얘기 안 끝났습니다."

"끄응, 계속해 봐."

"7승 1패예요."

"7승 1패? 뭐가?"

"김태식과 용덕수, 두 선수가 합류하고 나서 심원 패롯스가 거둔 성적은 7승 3패가 아니라 7승 1패라고요. 이게 팩트죠."

"……."

"어때요? 이제 좀 다르게 느껴지시나요?"

"그렇긴 하지만."

송나영이 가한 팩트 폭격은 효과가 있었다.

유인수의 반응이 살짝 변한 것을 확인한 송나영이 멈추지 않고 말을 이었다.

"아직 끝이 아닙니다. 심원 패롯스가 7승을 거두는 동안, 김태식과 용덕수 두 선수의 기여도가 엄청났다는 것은 캡도 알고 계시죠? 특히 김태식 선수가 보여준 활약은 말 그대로 죽여줬죠."

"야, 기자가 죽여줬다는 표현은 좀……."

"죽여줬다는 표현이 어때서요? 캡은 성차별적 발언도 막 하시잖아요."

"끄응!"

순간 말문이 막혀 버린 유인수가 앓는 소리를 내면서 입을 다물었다. 그것을 확인한 송나영이 더욱 환하게 웃으며 말을 이었다.

"자, 이제 마지막 팩트 폭격 들어갑니다."

"아직 남았어?"

"심원 패롯스의 다음 3연전 상대가 어딘지 아세요?"

"어딘데?"

"바로 마경 스왈로우스랍니다."

"마경 스왈로우스?"

"네, 그리고 3연전 첫 경기에 마경 스왈로우스의 선발투수로 내정된 선수는 바로… 누굴 것 같아요?"

"누군데?"

"안주열!"

"안주열?"

비로소 그림이 그려지기 시작하는 걸까.

아까까지만 해도 시큰둥한 반응을 보이던 유인수가 의자를 바싹 끌어당기며 두 눈을 빛냈다.

"재밌어지네."

"캡이 생각해도 재밌죠?"

"기사 제목은?"

"이미 다 뽑아놨죠."

"한번 읊어봐."

"난세에 등장해 심원 패롯스를 구한 영웅 김태식, 트레이드 맞상대인 안주열과 운명의 외나무다리에서 만나다!"

"……."

"어때요?"

"쩝!"

송나영이 심혈을 기울여 뽑은 기사 제목이 마음에 들지 않는 걸까.

영 못마땅한 표정으로 입맛을 다시는 유인수를 확인한 송나영이 쌍심지를 켠 채 물었다.

"반응이 왜 그래요?"

"너, 지금 나이가 몇이냐?"

"계란 한 판에서 하나 비는데요."

"그런데 왜 그래?"

"뭐가요?"

"난세에 등장한 영웅에 운명의 외나무다리까지. 왜 표현들이 전부 이렇게 올드하냐고?"

"옛것이 좋은 것이다. 이런 말, 못 들어봤어요?"

"하여간 막 갖다 붙이기는."

"이런 걸 흔히 베테랑 기자의 순발력이라고 하죠."

단 한마디도 지지 않는 송나영을 향해 혀를 끌끌 찬 유인수가 입을 뗐다.

"제목 수정해서 1면 톱으로 가자."

"제목 좋은데."

"야! 그냥 뺄까?"

"에이, 성질도 급하시기는."

마침내 원하는 것을 얻어내는 데 성공한 송나영이 하얀 이를 드러내며 생긋 웃었을 때였다.

"하나만 묻자."

"뭐든지 물어보십시오."

"너, 혹시 금사빠냐?"

"금사빠? 그게 뭔데요?"

처음 들어보는 단어.

해서 송나영이 의아한 시선을 던지자, 유인수가 답답하다는 표정을 지은 채 말했다.

"금사빠, 몰라?"

"처음 들어보는데요."

"역시 넌 올드해."

"캡!"

"금사빠, 금방 사랑에 빠지는 사람이란 말을 줄인 거야."

"아!"

유인수의 설명을 듣고서야 비로소 금사빠의 뜻을 알게 된 송나영이 고개를 끄덕이다가 이내 고개를 갸웃했다.

"제가 금사빠냐고요?"

"그래. 혹시 김태식이 좋아하는 거, 아냐?"

"좋아하죠. 우린 운명 공동체라고 미리 말씀……."

"기자로서가 아니라 여자로서 좋아하는 거 아니냐고?"

예고도 없이 훅 치고 들어온 질문으로 인해 적잖이 당황스러웠다.

"갑자기 왜… 그런 이상한 질문을… 하고 그러세요?"

해서 송나영이 말까지 더듬거리면서 되묻자, 유인수가 의심쩍은 시선을 던지며 대답했다.

"좀 이상하잖아."

"뭐가요?"

"갑자기 김태식이한테 꽂혀서는 1면 톱으로 기사 내달라고 막 조르고. 너 원래 이런 스타일 아니었잖아?"

"그게 그러니까……."

송나영이 도중에 말을 멈추고 머리를 긁적였다.

딱히 반박할 말을 찾기 힘들 정도로 유인수의 말은 정곡을 찌르고 있었다.

'내가 김태식 선수를 좋아하나?'

송나영이 스스로에게 질문을 던졌다.

김태식이 잘생기기는 했다.

몸도 죽여주게 좋은 편이었고, 서른일곱이라는 나이가 전혀 믿기지 않을 정도로 동안이기도 했고.

또, 직접 만나서 대화해 보니 말도 무척 잘 통하는 편이었다.

그렇지만 김태식의 존재를 알게 된 지 긴 시간이 흐른 것은 아니었다.

남녀 간의 감정이 싹틀 정도로 어떤 대단한 사건이 있었던 것도 아니었고.

'그런데 왜 이렇게 김태식 선수에게 신경을 쓰냐고?'

그 이유에 대해 곰곰이 생각하던 송나영은 한참 만에야 답을 찾아냈다.

'연민… 이야!'

KBO 리그를 대표하는 저니맨.

김태식이 걸어온 야구 인생은 성공과는 거리가 멀었다.

떠돌이 실패자라는 낙인이 찍힌 채 나이만 먹었다.

김태식의 나이는 어느덧 서른일곱.

선수로서 환갑이 훌쩍 지나 버린 김태식은 은퇴를 코앞에 두고 있다고 해도 과언이 아니었다.

그래서 안쓰러웠다.

은퇴하기 전에 선수로서 조금 더 잘 풀렸으면 하고 응원하는 마음이 자꾸 생겼고.

"선수로서 마지막 불꽃을 화려하게 태우고 나서 그라운드를 떠났으면 좋겠어요. 그래서 자꾸 응원하고 싶어지네요."

"그러니까… 연민이다?"

"역시 정확하시네요."

"진짜 그게 다야?"

"네. 그게 다입니다."

송나영이 힘주어 답했지만, 유인수는 여전히 의심쩍은 시선을 거두지 않은 채 덧붙였다.

"다 그렇게 시작하는 법이다."

"네?"

"연민이 사랑으로 변하기도 한다. 이 말이야. 이건 직장 상사가 아닌 인생 선배로서 하는 충고니까 새겨들어."

"넵. 새겨듣겠습니다."

군말 없이 수긍하는 척하면서 송나영이 생각에 잠겼다.

'김태식 선수와 사귄다? 어떨까?'

나이 차도 꽤 많이 나는 편이었고, 김태식은 선수로서 성공한 적도 없었다.

그동안 선수 생활을 하면서 모아둔 돈도 당연히 없을 터이고, 머잖아 은퇴를 하고 나면 딱히 할 수 있는 일도 없으리라.

그러니 만약 김태식과 결혼이라도 한다면, 자신이 월급을 받아서 먹여 살려야 하는 최악의 케이스가 될 수도 있었다.

'에이, 너무 멀리 갔다!'

흠칫 몸을 떨면서 생각에 잠겼던 송나영이 곧 고개를 내저었다.

말 그대로 먼 훗날의 일이었다.

지금은 그저 기자이자 팬으로서 김태식을 응원하는 단계일 뿐이었다.

'나중에 생각하자!'

나중 일은 나중에 생각하기로 결정한 송나영이 생긋 웃으며 물었다.

"어쨌든 기사는 1면 톱으로 나가는 겁니다?"

13. 여신 강림

"캬. 죽입니다. 죽여!"

시원한 맥주 한 잔을 단숨에 비워 버린 후 빈 잔을 내려놓은 용덕수가 아낌없이 감탄사를 내뱉었다.

'맥주가 이렇게 맛있을 줄이야.'

고깃집 냉장고에서 꺼낸 국산 맥주일 뿐이었다. 그런데 방금 마신 시원한 맥주는 꼭 마법의 가루를 뿌려놓은 것처럼 맛이 기가 막혔다.

그 이유에 대해서 분석이라도 하듯이 비어버린 잔을 다시 들어 올리고 살피던 용덕수가 오늘따라 맥주 맛이 더 기가 막힌 이유에 대해 고민했다.

'누군가 몰래 마법의 가루를 뿌려서? 맥주 공정 방법이 달라지면서 맥주 맛이 좋아져서?'

퍼뜩 머릿속에 떠오른 생각들.

그렇지만 두 가지 이유 모두 정답이 아니었다.

똑같은 맥주임에도 불구하고 예전에 비해서 갑자기 맥주가 훨씬 더 맛있어진 이유는 크게 둘이었다.

첫 번째 이유는 맥주를 오랜만에 마시기 때문이었다.

공기가 사라지기 전까지는 늘 주변에 머물고 있는 공기의 소중함을 알지 못하는 것과 마찬가지랄까.

편의점에서 구입한 캔맥주를 냉장고에 잔뜩 재워놓고 거의 매일 마시던 때가 있었다.

그때는 땀을 흘리며 훈련을 하고 나서 시원한 맥주를 마시며 갈증을 달래는 것이 당연하다고 생각했다.

그렇지만 지금은 달랐다.

한 달에 한 번도 마시지 않을 정도로 맥주와의 거리가 멀어졌다.

당시에 매일 맥주를 마실 때는 그렇게 맛이 있다고 느끼지 못했는데.

오랫동안 참았다가 다시 마시는 맥주라서 그런지 더 소중하게 느껴졌고, 맛도 기가 막히는 것이었다.

또 하나의 이유는 당시와 지금의 상황이 많이 달라졌기 때문이다.

당시에는 1군 무대에 진입해서 성공한 프로야구 선수가 되겠다는 목표를 달성하는 것은 요원하게 느껴졌다.

그러나 지금은 달랐다.

그토록 바라던 1군 무대에 당당히 입성했을 뿐만 아니라, 비록 몇 경기 되지 않았지만 주전 포수로 거의 매일 경기에 나서고 있었다.

그동안의 노력에 대한 보상을 받은 느낌이랄까.

프로야구 선수가 되고 난 후, 막연히 갖고 있던 목표들의 달성에 가까워진 지금은 모든 것이 꿈만 같았다.

그래서 매 순간이 즐거웠다.

그러니 똑같은 맥주라도 어찌 더 맛있지 않을까.

"한 잔만 더 마시겠습니다."

빈 잔을 채운 후 다시 한 모금을 마신 용덕수가 맞은편에 앉아 있는 김태식을 빤히 바라보았다.

'다… 현실이 됐어!'

"넌 땡잡은 거야."

마경 스왈로우스 2군 소속이던 당시, 김태식이 비싼 소고기를 사주면서 불쑥 꺼냈던 말이 떠올랐다.

그 당시에 이 이야기를 들었을 때는 코웃음을 쳤다.

또, 땡잡은 것이 아니라, 똥 밟은 것이라고 속으로 생각했는데.

결과적으로 김태식의 말이 옳았다.

"일단 1군 무대로 올라갈 거야. 너와 함께."

"우린 곧 이 팀을 떠날 거야."

"텃세를 극복하는 가장 쉬운 방법이 뭔지 알려줄까? 실력을 보여주는 거야."

"일단 홈 팬들을 우리 편으로 만들어야 해."

김태식이 했던 약속처럼 함께 1군 무대에 진입한 것이 다가 아니었다.

그 외에도 김태식은 여러 가지 약속들을 했었다.

그 말들을 들었을 당시에는 순순히 믿기 힘들었다.

지키거나 해내기 어려운 약속이 많았고, 심지어 일부는 실현 불가능하다는 판단을 내렸으니까.

그렇지만 결과적으로 김태식은 그 약속들을 모두 지켰다.

우선 성사가 어려워 보이던 트레이드를 통해서 마경 스왈로우스에서 심원 패롯스로 팀을 옮겼다.

그리고 무척 힘들게 만들었던 팀원들의 텃세도 기어이 실력으로 조금씩 극복해 내고 있었다.

또, 심원 패롯스의 홈 팬들을 우리 편으로 만들겠다는 약속도 지켰다.

지난 경기, 김태식이 타석에 들어섰을 때, 더 이상 야유 소리가 흘러나오지 않았던 것이 그 증거였다.

'모두… 형 덕분이야.'

막연히 바라고 있던 1군 무대 진입이라는 목표를 이루는 것까지는 성공했다. 그렇지만 그게 끝이 아니었다.

육성 선수 출신이라며 무시하던 팀원들의 텃세는 무척 심했고, 대체 어떻게 행동해야 할지 갈피조차 잡기 힘들었다.

만약 김태식이 곁에서 조언을 해주면서 중심을 잡아주지 않았다면, 아마 오래 버티지 못했을 터였다.

김태식이 든든히 곁을 지키고 있었던 덕분에 어려운 순간들을 넘기고 지금까지 잘 버텨온 것이었다.

'은인이야!'

용덕수의 입장에서 김태식은 말 그대로 은인이었다.

"형!"

"왜?"

"이 은혜는 꼭 갚겠습니다."

"뭘 또 은혜씩이나."

"은혜 맞습니다. 그리고 이것 하나는 약속드리겠습니다. 죽을 때까지 절대로 형을 배신하지 않겠습니다."

"그래, 고맙다."

멋쩍은 표정을 짓고 있는 김태식을 향해 용덕수가 새삼스러운 시선을 던졌다.

심원 패롯스로 팀을 옮긴 후, 김태식의 활약은 눈부셨다.

심원 패롯스 홈 팬들의 마음을 돌려놓은 것은 물론이고, 주전 3루수였던 김대희의 주전 자리를 위협할 정도였다.

그러니 오늘은 좀 즐겨도 될 터인데.

김태식의 자기 관리는 철저했다.

오늘도 맥주가 아닌 김빠진 사이다를 마시고 있는 김태식의 모습은 용덕수를 감탄케 만들기에 충분했다.

"저 혼자 맥주를 마셔서 죄송하네요."

괜히 미안한 마음이 들어서 용덕수가 사과했지만, 김태식은 대수롭지 않게 대꾸했다.

"괜찮아."

"하지만……."

"나도 마실 거야."

"정말이요?"

"곧 손님이 올 거야. 손님이 오면 함께 마시려고 애써 참고 있는 거야."

"손님이 온다고요? 누구요?"

용덕수가 의아한 시선을 던졌다.

오랜만에 열린 고기 파티에 다른 참석자가 있다는 얘기는 전혀 듣지 못했기 때문이다.

"직접 확인해 봐. 깜짝 놀라게 될 테니까."

"대체 누군데요?"

호기심이 치민 용덕수가 다시 물었지만, 김태식은 입을 꾹 다문 채 더 이상 알려주지 않았다.

해서 용덕수의 애가 타기 시작했을 때였다.

딩동.

고깃집의 문이 열리고, 시커먼 마스크를 쓴 젊은 여인이 양손 가득 쇼핑백을 든 채 안으로 들어섰다.

"자기가 연예인이야? 왜 저렇게 얼굴을 가리고 다니는 거야?"

시커먼 마스크로 얼굴을 가린 젊은 여인을 확인하고 용덕수가 코웃음을 치며 말했을 때였다.

"연예인 맞아."

"네?"

"연예인 맞다고."

"누군데요?"

"너도 아는 사람."

"······?"

"여신이라고 그렇게 추앙하더니. 마스크 썼다고 얼굴도 못 알아보는 거야?"

김태식이 건넨 핀잔을 듣고서, 용덕수가 두 눈을 치켜떴다.

용덕수가 여신이라고 추앙하는 연예인은 딱 한 명뿐이었다.

도레미 퍼블릭의 리더인 지수!

즉, 방금 고깃집으로 들어온 것이 바로 지수라는 뜻이었다.

"어떻게··· 이런 일이."

지금 이 상황이 쉬이 믿기지 않았다.

그래서 시커먼 마스크로 얼굴을 가린 지수에게서 시선을 떼지 못한 채로 용덕수가 중얼거린 순간, 김태식이 말했다.

"아까 내가 말했던 손님이야."

"여긴··· 어떻게 알고 오셨어요?"

자리에서 벌떡 일어난 용덕수가 더듬거리며 간신히 말을 꺼낸 순간, 태식이 픽 하고 실소를 흘렸다.

대한민국에 있는 수많은 고깃집.

그 고깃집 가운데 한 곳에서 우연히 도레미 퍼블릭의 리더인 지수를 만나게 될 확률이 얼마나 될까.

당연히 오늘의 만남은 우연이 아니었다.

이미 태식이 손님이 찾아올 거라고 일러줬음에도 용덕수는 하나마나한 질문을 던지고 있었다.

그만큼 정신이 없다는 뜻이었다.

"고기 좀 얻어먹으러 찾아왔어요."

"아, 네."

"제가 갑자기 찾아와서 방해가 됐나요?"

"방해요? 아닙니다. 절대 아닙니다."

용덕수가 펄쩍 뛸 기세로 강하게 손사래를 쳤다.

그런 용덕수의 반응을 흥미롭게 지켜보던 태식이 인사를 건넸다.

"진짜 오셨네요."

"네. 고기가 먹고 싶었거든요."

"잘 오셨습니다. 돼지갈비 정도는 얼마든지 사드릴 수 있습니다."

"너무 방심하시는 것 아니세요?"

"네?"

"저, 고기 진짜 좋아해요. 엄청 많이 먹을 건데요."

태식이 생긋 웃으며 대답하는 지수를 새삼스레 바라보았다.

일전에 시구를 위해 만났을 때와는 분위기가 또 달랐다.

고깃집에서 두 번째로 만난 지수는 꼭 발랄한 대학 신입생 같은 느낌이 물씬 풍겼다.

"그 얘길 듣고 나니 조금 걱정이 되기 시작하네요."

"헤헤. 그렇다고 걱정하실 것까진 없는데. 그리고 공짜로 얻어먹을 정도로 제가 염치가 없지는 않답니다."

"……?"

"이거 받으세요."

지수가 양손 무겁게 들고 온 쇼핑백을 내밀었다.

"이게 뭔가요?"

"감사함의 표시로 준비해 봤어요."

"감사함의 표시오?"

"지난번 시구 전에 원 포인트 코칭해 주셨잖아요. 다시 한 번 감사드립니다."

태식이 쓰게 웃으며 쇼핑백을 건네받았다.

엄밀히 말하면 당시의 일에 고마워해야 하는 것은 지수가 아니라 태식이었다.

팀원들의 텃세를 극복하기 위해서는 어떤 계기가 필요하다고 생각하던 참이었는데.

마침 지수가 그 계기를 마련해 준 셈이었으니까.

"설마… 저도 주시는 겁니까?"

그때, 용덕수가 감격한 표정으로 끼어들었다.

"당연하죠."

"저는 한 게 아무것도 없는데……."

"아니요. 용덕수 선수도 큰 도움을 주셨어요. 포넘 시구. 그 때 시구를 받으면서 넘어져 주셔서 제 시구가 더 큰 화제가

됐거든요. 덕분에 실검 순위에도 올랐고, 제 인지도도 많이
올라갔답니다."

"아깝네요."

"뭐가요?"

"그냥 넘어지지 말고 아예 공을 받자마자 기절해 버릴 걸
그랬습니다. 그럼 더 큰 화제가 됐을 텐데."

"하하. 그 정도로도 충분했어요."

지수가 생긋 웃으며 말한 순간, 용덕수가 탄식을 흘리며 입
을 뗐다.

"아, 형!"

"왜?"

"이거 꿈 아니죠?"

"꿈 아니다."

"그런데 대체 어떻게 이런 일이 생길 수가 있죠?"

"또 왜 호들갑이냐?"

"형도 들으셨잖아요? 지수 씨가 제 이름을 알고 있어요."

용덕수가 호들갑을 떠는 것을 보며 태식이 고개를 절레절레
내젓고 있을 때, 지수가 입을 뗐다.

"오히려 제가 영광이죠."

"네?"

"월드 스타와 만나고 있으니까요."

"월드… 스타요?"

"지난번에 본인 입으로 말씀하셨잖아요."

"그건… 그러니까 그때 왜 그랬느냐면……."

시뻘겋게 얼굴이 달아오른 용덕수가 횡설수설할 때, 지수가 덧붙였다.

"맞던데요."

"네?"

"제가 좀 알아보니까 월드 스타가 맞으시더라고요. ASPN을 비롯한 외신에도 소개가 됐을 정도니까 월드 스타시죠."

"감사합니다."

"뭘요?"

"네?"

"월드 스타로 인정해 드려서요?"

"아니요."

"그럼 왜?"

"저처럼 미천한 존재의 이름을 기억해 주신 것뿐만 아니라, 저에 대해 친히 조사까지 해주셨으니까요."

한껏 스스로를 낮춘 채 감격에 겨워하는 용덕수를 못마땅하게 바라보던 태식이 말했다.

"덕수야."

"네."

"넌 미천한 존재가 아냐. 머잖아 수많은 팬들을 거느리는 스타 선수가 될 테니까. 이미 월드 스타이기도 하고."

"하지만 그건……."

"그러니까 너 스스로를 낮추지 마. 좋은 선수가 되려면, 아니, 좋은 사람이 되려면 좀 더 당당해질 필요가 있어. 내가 지켜본 덕수 너는 꿈을 이루기 위해서 어느 누구보다 열심히 살아가는 괜찮은 사람이자 선수야. 내 말, 무슨 뜻인지 알겠어?"

"넵, 명심하겠습니다."

용덕수의 가장 큰 장점 가운데 하나는 다른 사람이 건네는 충고에 귀를 기울일 줄 안다는 것이었다.

특히 태식의 말이라면 껌벅 죽는 척도 할 기세였다.

두 눈을 빛내며 이야기를 경청하던 용덕수의 시선이 앞에 놓인 쇼핑백으로 향했다.

"그런데 이 쇼핑백 안의 내용물은 뭡니까?"

"홍삼이에요."

"홍삼이요?"

"혹시 맘에 안 드시나요? 뭘 사야 좋아하실지 몰라서 고민하다가 운동선수이시니까 몸에 좋은 홍삼을 드리는 게 좋지 않을까 해서 사봤는데."

"맘에 안 들다니요. 그 무슨 당치도 않은 말씀이십니까? 만약 쇼핑백 안에 벽돌을 넣어 오셨어도 가보로 보관할 참이었습니다."

용덕수가 입에서 침을 튀겨가면서 열변을 토해냈다.

벽돌을 가보로 간직하겠다고 오버하는 용덕수를 태식이 한심하게 보고 있을 때, 지수가 물었다.

"선물은 마음에 드세요?"

"네, 무척 마음에 듭니다."

"아, 다행이다. 혹시 맘에 안 들어 하시면 어떻게 하나 걱정했었거든요."

"저나 덕수 같은 운동선수에게는 최고의 선물입니다."

태식의 말이 끝나고 나서야, 지수가 안도하는 표정을 지었다.

"지수 씨가 선물해 주신 홍삼을 먹을 때마다 홈런 팡팡 터뜨리겠습니다."

용덕수가 다부진 각오를 밝힌 순간, 태식이 웃으며 말했다.

"덕수, 너 홈런왕 되겠다."

14. 약속 지켜라

"네? 홈런왕… 이요?"

갑자기 홈런왕이라니.

김태식이 갑자기 왜 이런 말을 꺼냈는지 제대로 이해하지 못 한 용덕수가 두 눈을 껌벅이며 물었다.

"그래. 홈런왕."

"갑자기 그게 무슨 말씀이세요?"

"방금 네 입으로 말했었잖아. 지수 씨가 선물해 준 홍삼을 먹을 때마다 홈런을 팡팡 터뜨리겠다고."

"네. 그렇긴 한데……."

"지수 씨가 사온 홍삼의 양을 봐. 이 홍삼 먹을 때마다 홈런 치면 올 시즌에 홈런 50개는 가뿐히 넘기겠는데."

지수가 준비해 온 홍삼의 양은 많았다.

뒤늦게 말귀를 알아들은 용덕수가 넉살 좋게 웃으며 큰 소리를 쳤다.

"이 참에 홈런왕 한번 도전해 볼까요?"

그 말을 듣자마자, 지수가 웃으며 화답했다.

"월드 스타 홈런왕 용덕수 선수, 기대할게요."

"아니, 뭘 또 기대씩이나!"

용덕수가 쑥스러운 표정을 지을 때, 지수가 작게 덧붙였다.

"버퍼."

"네? 뭐라고 하셨어요?"

"일전에 매니저 오빠가 절더러 버퍼라고 하더라고요."

"버퍼라면… 게임 용어요?"

"네, 그 버퍼."

지수와 대화를 나누던 용덕수가 태식에게 고개를 돌렸다.

"형."

"왜?"

"형은 버퍼가 무슨 뜻인지 모르시죠?"

"덕수야. 형도 그 정도는 안다."

태식도 한때 게임에 몰두했던 적이 있었다. 그러니 버퍼가 무슨 뜻인지 정도는 태식도 알고 있었다.

그렇지만 용덕수는 여전히 못 미더운 기색이었다. 그리고 지수 역시 놀란 기색을 감추지 않고 있었고.

"덕수야."

"네."

"지수 씨."

"네?"

"버퍼가 무슨 뜻인지도 모를 정도로 제가 꼰대나 아재는 아닙니다. 저도 아직은 젊은 편입니다."

그냥 하는 말이 아니었다.

태식의 나이는 서른일곱.

이곳에 모여 있는 세 사람 가운데 최연장자인 것은 부인할 수 없었다. 그렇지만 신체 나이는 달랐다.

지금 태식의 신체 나이는 세 명 가운데 가장 젊은 편이었다.

"알아요."

"네?"

"김태식 선수 젊은 것 안다고요. 솔직히 지금도 서른일곱이라는 나이가 전혀 믿기지 않을 정도세요."

"칭찬으로 듣겠습니다."

나이보다 젊어 보인다는 이야기는 아무리 들어도 질리지

않았다.

해서 픽 웃은 태식이 지수에게 물었다.

"그런데 매니저란 분은 왜 지수 씨를 버퍼라고 부른 거죠?"

"그게… 시구를 하러 찾아갔던 날에 제가 버퍼 역할을 한 덕분에 김태식 선수가 그날 경기에서 맹활약을 했다고 하시더라고요."

"아주 틀린 말은 아니네요."

"네?"

"그날, 지수 씨 덕분에 힘이 나긴 했습니다."

"그런가요? 조금이라도 도움이 됐다니 다행이네요."

그냥 예의상 한 말이 아니었다.

아까도 말했듯이 당시의 태식에게는 어떤 계기가 필요했었고, 지수는 마침 그 계기를 마련해 준 것이었다.

덕분에 조금은 편한 마음으로 경기에 임할 수 있었고.

"그럼 앞으로도 버퍼 역할을 해도 될까요?"

"네?"

지수가 덧붙인 말을 제대로 이해하지 못한 태식이 되물었다.

왜일까.

뺨을 붉히고 있던 지수가 조심스럽게 다시 말했다.

"방금 전에 제가 도움이 된다고 말씀하셨으니까, 앞으로도 계속 버퍼 역할을 해도 될까 궁금해서요.”

“물론 좋습니다.”

“아, 네.”

그제야 지수의 표정이 다시 밝아졌다. 그런 지수를 가만히 관찰하고 있던 용덕수가 끼어들었다.

“저기, 제가 예전부터 하나 궁금한 게 있는데요.”

“뭐가 궁금하세요?”

“지수 씨는 당연히 행복하시죠?”

뜬금없이 불쑥 꺼낸 질문.

살짝 당황한 기색이던 지수의 표정이 이내 굳어졌다.

그 표정 변화를 확인한 용덕수가 눈치를 살피며 조심스럽게 물었다.

“제가 괜한 질문을 드렸나요?”

“아니에요.”

줄곧 밝은 표정이던 지수가 처음으로 씁쓸한 표정으로 대답했다.

“많은 분들이 절 좋아해 주시고 응원해 주시기 때문에 행복해야 하는데. 겉으로 보이는 연예인은 화려하지만, 그 이면은 결코 화려하지 않아요. 절 좋아해 주시는 분들도 많지만, 시기하고 미워하는 분들도 그에 못지않게 많아요. 그래서 화려해 보이지만 무척 외로운 직업이기도 하고요.”

"전 그런 줄도 모르고……."

"아니요. 그래도 지금은 행복해요."

"……?"

"……?"

"이제는 어느 정도 적응을 했으니까요. 그리고… 가장 행복했던 시간을 추억하게 만들어줄 수 있는 좋은 사람을 만났으니까요."

지수가 덧붙였다. 그리고 이 말을 꺼내는 지수의 표정은 아까와는 달리, 환한 표정으로 바뀌어 있었다.

"덕수야."

"네?"

"고기 탄다. 쓸데없는 질문은 그만해라."

"알겠습니다."

"자, 타기 전에 드세요."

태식이 제안하자, 지수가 젓가락을 들었다.

"잘 먹겠습니다."

아까 지수가 했던 말은 그냥 해본 말이 아니었다.

오물오물.

지수는 쉬지 않고 고기를 집어서 입속에 가져가기를 반복했다. 그런 그녀를 태식이 새삼스레 바라보았다.

'왜?'

먼저 휴대폰 번호를 알려달라고 부탁한 것도, 또 먼저 연락을 취한 것도 지수였다. 그리고 고기 파티가 열린다는 소식을 알리자마자 일부러 시간을 내서 이 자리에 참석한 것도 그녀였고.

세상에 그냥 벌어지는 일은 없는 법.

이 모든 일이 우연히 벌어졌을 리 없었다.

하물며 태식의 신체 나이가 다시 20대 초반으로 돌아가는 기적이 벌어진 데도, 어떤 이유가 존재했었다.

다시 말해 지수가 이곳에서 자신들과 함께하고 있는 것에는 어떤 이유가 있을 것이란 확신이 들었다.

그렇지만 그 이유가 무엇 때문인지는 태식도 아직 알지 못했다.

'일단… 먹자!'

해서 고민하던 태식이 이내 고개를 흔들어 상념을 떨쳐 버렸다.

시간이 흘러서, 적당한 때가 되면 그 이유를 알 수 있게 될 거란 생각이 들어서였다.

또 화기애애한 지금의 분위기를 깨고 싶지 않기도 했고,

"형, 건배 한번 하시죠?"

용덕수의 제안대로 태식이 아끼고 있던 맥주가 든 잔을 들었다.

"우리의 밝은 미래를 위해서!"

쨍!

잔이 부딪히며 경쾌한 소리가 울려 퍼졌다.

                    *   *   *

심원 패롯스 VS 마경 스왈로우스.

리그 순위 8위와 7위의 맞대결.

전반기 종료를 앞두고 펼쳐지는 두 팀의 맞대결은 후반기 중위권 판도를 좌우할 수 있다는 점에서 무척 중요했다.

후반기가 시작되기 전, 가을 야구의 가시권이라 할 수 있는 6위 진입을 노리고 있는 두 팀의 맞대결은 야구팬들의 흥미를 끌기에 충분했다. 그리고 야구팬들의 관심이 쏠린 또 하나의 이유는 양 팀이 시즌 도중에 단행했던 트레이드였다.

어느덧 트레이드 마감 시한이 다가오고 있었지만, 올 시즌에 단행된 트레이드는 두 팀 간의 트레이드가 유일했다.

윈윈 트레이드.

심원 패롯스와 마경 스왈로우스가 단행한 트레이드에 대한 세간의 평가였다. 그렇지만 세상에 정확히 수평을 이루는 것은 찾기 어려운 법이었다.

이해득실.

야구 전문가들과 팬들은 두루뭉실한 윈윈 트레이드라는 표현을 좋아하지 않았다.

하나씩 조목조목 짚어가면서 정확히 계산해서 어느 쪽이 득을 보고, 어느 쪽이 손실을 봤는지 확실히 알아내야만 만족하는 편이었다.

그런 그들에게 양 팀의 이번 맞대결은 충분히 흥미로웠다.

특히 3연전 첫 경기에 그들은 주목했다.

월린 해멀스 VS 안주열.

3연전 첫 경기, 양 팀의 선발투수였다.

그러나 그들이 진짜 관심을 가지는 것은 따로 있었다.

김태식, 용덕수 VS 안주열.

말도 많고 탈도 많았던 두 팀의 트레이드 당사자들이 펼치게 될 대결에 모두의 이목이 집중되고 있었다.

"형, 이 기사 보셨어요?"

용덕수가 스포츠 신문을 손에 든 채 다가오며 물었다.

살짝 격앙되어 있는 용덕수의 목소리를 확인하고 태식이 의아한 시선을 던졌다.

"왜 그렇게 흥분했어?"

"기사 때문에요."

"기사? 무슨 내용인데?"

"내용도 내용이지만, 더 중요한 것은 제가 말씀드린 기사가 실려 있는 게 1면 톱이라는 겁니다."

"……?"

"제 이름이 적힌 기사가 스포츠 신문 1면 톱으로 등장하는 날이 찾아올 줄은 꿈에도 몰랐거든요."

용덕수가 어서 확인해 보라는 듯 스포츠 신문을 내밀었다. 그리고 굳이 신문을 뒤적이면서 기사를 찾을 필요도 없었다.

아까 용덕수의 말처럼 스포츠 신문 1면 톱에 기사가 실려 있었으니까.

<난세에 등장해 마경 스왈로우스를 구한 두 영웅, 적으로 돌아와 마경 스왈로우스에 비수를 꽂을까?>

기사 제목을 보는 순간, 태식이 픽 하고 실소를 터뜨렸다.

난세에 등장한 영웅이란 표현이 낯익었기 때문이다.

'송나영 기자로군!'

굳이 기사를 작성한 기자의 이름을 찾아서 확인할 필요도 없었다.

기사 제목만 보고도 송나영이 작성한 기사임을 눈치챌 수 있었다. 그리고 기사의 내용은 태식이 예상했던 것과 크게 다르지 않았다.

트레이드를 통해 팀을 옮긴 태식과 용덕수, 그리고 안주열의 맞대결을 앞두고 분석과 예측을 한 것이 기사의 주 내용이었다.

"덕수야."

"네."

"1면 톱으로 기사가 나와서 그렇게 좋으냐?"

"좋습니다."

기쁜 기색을 감추지 못하고 있는 용덕수를 향해 태식이 핀잔을 건넸다.

"월드 스타가 겨우 이 정도 갖고 흥분해서 쓰나."

"네?"

"명색이 월드 스타인데 고작 스포츠 신문 1면에 기사가 나온 걸 갖고 흥분하지 말라는 뜻이야."

"형도 참. 이제 그만 좀 놀리시죠."

"누가 알아? 훗날 메이저리그를 호령하는 진짜 월드 스타가 될지."

"거기까진 기대도 안 합니다."

말도 안 된다는 듯 손사래를 치는 용덕수를 살피던 태식이 실소를 터뜨린 후 말했다.

"기사 내용처럼 중요한 경기다. 오늘 경기에 심원 패롯스 홈 팬들을 확실한 우리 편으로 만들 수 있는가 여부가 달려 있으니까."

그냥 하는 말이 아니었다.

마경 스왈로우스와 치열한 중하위권 다툼을 펼치고 있는 심원 패롯스 입장에서도 중요한 맞대결이었지만, 태식과 용덕수에게도 무척 중요한 맞대결이었다.

특히 안주열이 선발투수로 나서는 3연전 첫 경기가 중요했다.

간접 비교와 직접 비교는 엄연히 달랐으니까.

호사가들의 입장에서는 트레이드 당사자들인 세 명의 선수가 함께 경기에 나서는 이번 경기가 이해득실을 확실히 따질 수 있는 경기라고 판단하고 있을 것이었다.

"네, 저도 알고 있습니다."

용덕수 역시 이 경기의 중요성을 알고 있었다.

비장한 표정을 지은 용덕수가 홍삼 엑기스가 담긴 비닐 팩을 꺼냈다.

바르르.

비닐 팩을 자르기 위해 가위를 든 용덕수의 손이 떨렸다.

사각사각.

신중하게 비닐 팩의 윗부분을 잘라낸 용덕수가 입을 갖다 댔다.

쪽쪽거리며 홍삼 엑기스를 빨아먹던 용덕수가 환하게 웃

었다.

"저희에게 중요한 경기이니까 이거 먹고 힘내야죠. 지수 씨가 선물해 줘서 그런지 더 맛있네요."

쪼옥. 쪼옥.

여신으로 추앙하는 지수가 선물해 준 홍삼 엑기스이기 때문일까.

단 한 방울도 남길 수 없다는 듯 끝까지, 악착같이 빨아먹고 있는 용덕수를 바라보던 태식이 고개를 절레절레 흔들며 입을 뗐다.

"집중력!"

"네?"

"그리고 근성!"

"……?"

"야구를 그렇게 하면 좋을 텐데."

태식이 혀를 차며 말한 순간, 용덕수가 영문을 모르겠다는 표정을 지었다.

"그게 무슨 말씀이세요?"

"아까 홍삼 엑기스가 든 비닐 팩을 가위로 자를 때 보여줬던 집중력, 그리고 단 한 방울도 남기지 않겠다는 강한 의지를 가진 채 끝까지 비닐 팩을 입으로 빨던 끈기와 근성, 그 집중력과 근성을 갖고 야구를 하라고."

"명심하겠습니다."

비로소 말귀를 알아듣고 힘차게 고개를 끄덕이는 용덕수에게 태식이 덧붙였다.

"참, 약속 지켜라."

"어떤 약속이요?"

"지수 씨와 했던 약속."

"……?"

"지수 씨가 준 홍삼 먹고 꼭 홈런 친다고 했잖아."

15. 홍삼의 힘

와아!

와아아!

마운드 위로 걸어 올라간 안주열이 관중이 가득 들어차 있는 경기장을 둘러보았다.

원정 경기.

홈경기에 비해서 부담감이 심한 원정 경기였지만, 안주열은 마음이 편했다. 그 이유는 지금 서 있는 마운드가 전혀 낯설지 않았기 때문이다.

불과 얼마 전까지만 해도 심원 패롯스 소속 선수였던 안주열이었다.

그래서일까.

마경 스왈로우스의 홈구장에서 경기를 할 때보다 심원 패롯스와의 원정 경기가 더 홈경기처럼 편안하게 느껴졌다.

단지 마운드와 경기장이 낯익기 때문만은 아니었다.

와아!

와아아!

심원 패롯스 홈 팬들이 자신을 향해서 야유가 아닌 환호를 보내주고 있다는 것도 편안함을 느끼는데 한몫했다.

"환영한다!"

"웰컴 홈!"

"봐주지 말고 단디 던져라!"

환호성 속에 간간이 섞인 심원 패롯스 홈 팬들의 응원이 담긴 외침들이 안주열의 귓가로 쏙쏙 꽂혔다.

전혀 예상치 못했던 트레이드.

그동안 마음고생이 없었다면 거짓말이었다. 그래서 지금 심원 패롯스 홈 팬들이 보내주는 환호와 응원이 더욱 고맙고 힘이 됐다.

'날 기억하고, 또 그리워해 주는 팬들이 아직 남아 있구나!'

관중석을 살피던 안주열의 시선이 심원 패롯스 더그아웃으로 향했다. 그런 그의 눈에 이철승 감독이 들어왔다.

이번 트레이드를 주도한 장본인.

그런 그에게 서운함과 원망이라는 감정이 어찌 없을까.

꼭 실연당한 느낌이었다.

'저를 트레이드시킨 결정을 후회하도록 만들어 드리겠습니다."

자신을 차버린 연인이나 다름없는 이철승 감독에게 복수하고 싶었다. 그리고 실연을 경험하게 만든 연인에게 가장 좋은 복수는 새로 찾은 연인보다 예전 연인이었던 자신이 더 좋은 사람임을 보여주고 증명하는 것이었다.

그래서 안주열은 이를 악물었다. 그리고 기회는 안주열이 예상했던 것보다 훨씬 더 일찍 찾아와 있었다.

"눈 크게 뜨고 똑똑히 지켜보시죠."

슈아악!

한때는 한솥밥을 먹던 팀 동료를 상대로 안주열이 힘차게 공을 뿌렸다.

"단단히 마음을 먹었군!"

2회 말, 대기 타석에 서 있던 태식이 이를 악물고 투구하는 안주열을 보며 속으로 혀를 내둘렀다.

1회 말, 안주열은 세 타자를 모두 삼진으로 돌려세우며 마경 스왈로우스 원정 팬들은 물론이고 심원 패롯스 홈 팬들의 환호를 끌어냈다. 그리고 2회 말에도 역투를 펼치고 있었다.

"스트라이크아웃!"

오랫동안 한솥밥을 먹었기 때문일까.

안주열은 심원 패롯스 타자들을 상대하는 데 있어 자신감
이 넘쳤다. 또, 심원 패롯스 타자들의 약점을 간파하고 과감하
게 공략했다.

4연속 삼진.

바깥쪽 꽉 찬 직구에 배트를 내밀어볼 엄두도 내지 못하고
루킹 삼진을 당한 이명기가 고개를 절레절레 흔들며 더그아웃
으로 돌아가는 것이 보였다.

1사 주자 없는 상황에서 태식이 타석에 들어섰다.

와아!

와아아!

그 순간, 환호가 쏟아졌다.

태식이 쏟아지기 시작한 환호성에 귀를 기울였다.

'내게 보내는 환호가 아냐!'

지금 쏟아지는 환호는 마경 스왈로우스 원정 팬들이 보내
는 것이었다.

심원 패롯스 홈 팬들은 야유도 환호도 쏟아내지 않은 채
조용히 경기를 지켜보기만 하고 있었다.

환호를 보내주지 않는 심원 패롯스 홈 팬들에게 서운한 마

음이 들지는 않았다. 오히려 야유를 보내지 않는 것만으로도 감사했다. 그리고 심원 패롯스 홈 팬들의 환호를 끌어내는 것은 태식에게 주어진 몫이었다.

'포 피치 유형!'

직구와 커브, 포크볼, 슬라이더.

안주열이 주로 사용하는 구종들이었다. 그리고 오늘 경기에 나선 안주열은 현재까지 직구 위주의 피칭을 구사하고 있었다.

평균 구속 143㎞, 최고 구속 146㎞를 기록한 직구의 구위가 워낙 좋았기에 심원 패롯스 타자들은 꼼짝도 못 하고 일방적으로 당하고 있었다.

'직접 경험해 봐야지!'

슈아악!

태식이 날아드는 초구를 향해 배트를 내밀다가 움찔하며 멈추었다.

지난 네 타자를 상대로 안주열은 직구를 던져서 초구 스트라이크를 잡아냈다. 해서 태식도 직구가 들어올 것을 예상했는데, 안주열이 초구로 던진 구종은 직구가 아니라 커브였다.

"스트라이크!"

태식이 배트를 도중에 멈추었지만, 주심은 스트라이크존을 통과했다고 판단해서 스트라이크를 선언했다.

그리고 2구 승부.

슈아악!

공이 안주열의 손을 떠난 순간, 태식이 두 눈을 빛냈다.

'몸 쪽 직구!'

140㎞대 중반의 직구에는 배트 스피드가 밀리지 않을 자신이 있었다. 해서 망설이지 않고 배트를 휘둘렀다.

딱!

'먹혔다!'

높이 솟구쳐서 3루 측 관중석으로 떨어지는 타구를 확인한 태식이 고개를 갸웃했다.

144km.

전광판에 기록된 구속이었다.

144㎞의 구속에 수 싸움도 빗나가지 않았다.

해서 완벽한 타이밍에 걸렸다고 판단했는데, 타구는 한참 밀렸다.

'왜?'

그 이유를 파악하기 위해 애쓰던 태식의 눈에 피가 날 정도로 이를 악물고 있는 안주열의 모습이 들어왔다.

'전력투구!'

선발투수의 경우, 평균 100개 가까이 공을 던지는 편이었다. 그리고 100개의 공을 모두 전력투구할 수는 없는 법이었다.

그래서 대부분의 선발투수들은 강약 조절을 했다.

주로 주자를 허용했거나, 실점을 허용할 위기에 처했을 대, 또는 승부처임을 직감했을 때 전력투구를 하게 마련이었다.

그렇지만 오늘 선발투수로 나선 안주열은 달랐다.

주자가 없는 상황임에도 불구하고, 안주열은 계속 전력투구를 하고 있었다.

마치 1이닝만 책임지면 되는 마무리 투수처럼 전력투구를 펼치고 있는 것이었다.

'종속이 좋아!'

힘을 아끼지 않고 전력투구를 하는 안주열의 직구 구속은 140㎞대 중반이었지만, 타석에서 직접 경험하자 더 빠르게 느껴졌다.

그 이유는 종속이 무척 빨랐기 때문이다.

아까 루킹 삼진으로 물러난 이명기가 고개를 절레절레 흔든 것도 이런 이유였으리라.

노 볼 투 스트라이크.

타자에게 압도적으로 불리한 볼카운트에 몰린 태식의 머릿속이 복잡해졌다.

'유인구? 빠른 승부?'

원래라면 유인구를 던질 타이밍이었다. 그렇지만 지난 네 타자를 상대한 안주열은 빠른 승부를 펼쳤다.

'전력투구를 하는 대신, 힘을 아끼기 위해서 빠른 승부를 가져가고 있어!'

유인구가 아닌 승부구를 던질 거라 판단한 태식이 배트를 고쳐 쥐었다.

슈아악!

홈 플레이트를 향해 날아드는 공을 노려보던 태식이 힘껏 배트를 휘둘렀다.

0 : 2.

6회 초, 마경 스왈로우스의 공격이 끝났을 때의 스코어였다.

6이닝 2실점.

심원 패롯스의 선발투수로 나선 와국인 투수 윌린 해멀스는 호투를 펼쳤다. 그렇지만 그의 호투는 안주열의 눈부신 호투로 인해 묻혔다.

퍼펙트게임.

5이닝 동안 마운드를 지킨 안주열은 단 한 명의 주자도 루상에 내보내지 않는 완벽한 투구를 펼치고 있었다.

"작정하고 나왔군!"

마운드 위로 걸어 올라가는 안주열을 바라보던 태식이 고개를 절레절레 흔들었다.

이미 여러 차례 트레이드 경험이 있는 태식이기에 지금 안주열의 심리 상태가 어떨지 대충 짐작이 됐다.

"날 버린 팀과 감독님을 후회하게 만들어주겠다!"

지금 안주열의 머릿속은 이 한 가지 생각으로 가득 차 있을 것이었다. 그리고 안주열은 현재까지 그 각오대로 경기를 잘 풀어나가고 있었다.

"나보다… 낫네!"

태식도 저런 경험이 있었다. 그러나 태식은 자신을 버렸던 팀과 감독들을 후회하게 만드는 데 실패했었는데.

"스트라이크아웃!"

안주열의 호투 행진은 6회 말에도 이어졌다.

6회 말의 첫 타자였던 7번 타자는 삼진으로, 이어진 8번 타자는 포수 파울 플라이로 가볍게 처리하며 퍼펙트게임 행진을 이어나갔다.

우와!

와아!

6회 말 2사 상황으로 변하자, 관중석이 술렁이기 시작했다.

KBO 역사상 단 한 번도 나온 적이 없는 대기록인 퍼펙트게임이 점점 현실이 되어가고 있음을 느꼈기 때문이다.

"기왕 여기까지 온 거 퍼펙트게임해 버려!"

"친정 팀에 비수를 꽂아버려!"

"안주열, 파이팅!"

관중석에서 외침이 터져 나온 순간, 안주열이 모자를 벗고 이마에 맺힌 땀을 닦아냈다.

그 모습을 유심히 지켜보던 태식이 재빨리 더그아웃을 빠져나왔다. 그리고 대기 타석에 서 있던 용덕수의 곁으로 다가가 말했다.

"덕수야, 실투를 노려!"

"실투요?"

"실투가 들어오면 절대 놓치지 마!"

굳은 표정을 풀지 않은 채 용덕수가 고개를 끄덕였다.

다시 더그아웃으로 돌아온 태식이 타석에 선 용덕수를 바라보았다.

용덕수 역시 오늘 경기가 중요하다는 것을 잘 알고 있는 상황.

이를 악물고 있는 용덕수를 지켜보던 태식이 문득 떠올린 단어는 '절실함'이었다.

"어느 쪽이 더 절실한가에서 승패가 갈리겠군!"

태식이 작게 혼잣말을 꺼낸 순간, 안주열이 와인드업을 마치고 공을 뿌렸다.

슈아악!

따악!

한가운데로 들어온 직구를 놓치지 않고 용덕수가 힘껏 퍼
올렸다.

'됐다!'

태식이 자리에서 벌떡 일어나며 용덕수의 타구에서 시선을
떼지 못했다.

와아!

와아아!

쭉쭉 뻗어나간 타구가 외야 펜스를 넘기고 떨어진 순간, 태
식이 주먹을 불끈 움켜쥐었다.

1 : 2.

6회 말 2사 주자 없는 상황에서 용덕수의 솔로 홈런이 터지
면서 점수 차는 1점으로 줄어들었다.

여전히 뒤지고 있는 상황.

그렇지만 용덕수가 뽑아낸 솔로 홈런은 분명히 의미가 컸
다.

우선 안주열의 호투에 눌려 있던 심원 패롯스의 분위기를
끌어 올리는 데 일조했고, 안주열이 바라던 퍼펙트게임이란
대기록도 일거에 날려 버렸다.

"제 홈런은 전적으로 홍삼 덕분이었습니다."

7회 초 수비를 마치고 더그아웃으로 돌아온 용덕수가 살짝 상기된 표정으로 말했다. 그렇지만 태식은 픽 하고 실소를 터뜨렸다.

홍삼 엑기스 한 포를 먹었다고 해서 홈런을 때릴 수 있다면, 누구나 홈런왕이 될 수 있을 터였다.

물론 평범한 홍삼 엑기스는 아니었다. 용덕수가 여신으로 추앙하던 도레미 퍼블릭의 리더인 지수가 직접 선물한 것이었으니까.

하지만 지수가 직접 달인 것도 아니었고, 시중에서 흔히 구할 수 있는 제품이었다.

용덕수가 쏘아 올린 홈런에 지수가 선물한 홍삼 엑기스가 아무런 영향도 끼치지 못했다고 딱 잘라 말하긴 어려웠지만, 큰 영향을 끼친 것은 아니었다.

오히려 용덕수가 타석에 들어서기 전에 태식이 다가가서 했던 실투를 노리라는 조언이 더 큰 영향을 미쳤으리라.

"어쨌든… 약속은 지켰네."

"무슨 약속이요."

"선물받은 홍삼 먹고 홈런 때리겠다는 약속 말이야."

"당연히 지켜야죠. 누구와 한 약속인데."

콧김을 내뿜으며 강조하던 용덕수가 슬그머니 덧붙었다.

"지수 씨가 이 모습을 보셨어야 했는데."

"봤을 거야."

"네? 그걸 형이 어떻게 아세요?"

"앞으로 야구를 좋아하게 될 것 같다고 말했거든."

"언제 그런 말을 했어요?"

용덕수의 질문을 받은 태식이 대답했다.

"네가 화장실에 갔던 사이에. 그러니까 오늘 경기도 어디선가 보고 있을 거야."

16. 각성 모드

캐스터와 해설자가 나누는 대화가 이어폰을 통해 지수의 귓속으로 파고들었다.

"아, 임태규 선수가 포수 파울플라이로 아웃되면서 6회 말 2사 상황으로 바뀌었습니다. 배트가 구속을 따라가지 못했어요. 그나저나 오늘 경기 안주열 선수, 정말 대단하네요. 현재까지 심원 패롯스의 타자들을 상대로 단 하나의 안타나 볼넷도 허용하지 않고 있습니다. 어떻게 보십니까?"

"그동안 안주열 선수가 투구하는 모습을 여러 차례 지켜봤지만, 오늘 가장 빼어난 피칭을 하고 있습니다. 방금 김용준

캐스터께서 말씀하신 대로 현재까지는 퍼펙트게임 행진을 이어가고 있습니다. 관중들도 KBO 리그 역사상 단 한 번도 나온 적이 없는 퍼펙트게임이라는 대기록 수립에 대한 기대로 술렁이기 시작하는군요."

"오늘 마경 스왈로우스의 선발투수로 나선 안주열 선수의 피칭. 분명히 기대 이상인데요. 이렇게 훌륭한 피칭을 하고 있는 이유, 어디에 있다고 보십니까?"

"뭐, 여러 가지 이유가 있겠지만, 역시 가장 큰 요인은 경기에 임하는 마음가짐이 아닐까 하고 추측합니다."

"마음가짐이요?"

"야구팬분들께서도 다 아시겠지만, 안주열 선수가 불과 얼마 전까지만 해도 심원 패롯스 소속 선수였잖습니까? 트레이드를 통해서 마경 스왈로우스로 옮기고 나서 친정 팀이었던 심원 패롯스를 처음으로 상대하기 위해 나선 거죠. 모르긴 해도 아마 마음 속으로 칼을 갈고 나왔을 겁니다. 자신을 트레이드시킨 심원 패롯스의 이철승 감독과 프런트가 보란 듯이 더 잘 던지고 싶을 거거든요. 그리고 당시에 안주열 선수와 트레이드가 된 선수들이 바로 김태식과 용덕수 선수였습니다, 모르긴 해도 당시에 안주열 선수는 분명히 자존심이 상했을 겁니다. 저니맨의 대명사라 불리우는 김태식 선수와 육성 선수 신분으로 1군 경기 출전 경험이 거의 없었던 무명의 용덕수 선수와 맞트레이드가 됐다는 것 때문에요."

스케줄을 위해서 이동하는 차 안에서 야구 중계를 지켜보고 있던 지수가 가볍게 눈살을 찌푸렸다.

마경 스왈로우스의 선발투수인 안주열이 워낙 잘 던지고 있기 때문일까.

캐스터와 해설자는 편파적이라는 느낌이 들 정도로 안주열에 대한 칭찬 일색이었다. 그리고 지수는 그것이 못마땅했다.

"너무하네!"

여전히 야구에 대해 많이 아는 것은 아니었다.

그렇지만 트레이드로 심원 패롯스로 팀을 옮긴 김태식과 용덕수의 활약이 대단하다는 것은 알고 있었다.

안주열과 견준다고 해도 전혀 손색이 없을 정도로.

아니, 안주열에 비해서 훨씬 더 나은 활약을 펼쳤다.

물론 오늘 경기의 상황은 조금 달랐다.

안주열이 워낙 호투를 하고 있는 탓에, 김태식도 용덕수도 안타를 뽑아내지 못했으니까.

그렇지만 한 경기에 불과했다.

선발투수로 나선 안주열이 호투를 한다고 해서, 편파적이라고 느껴질 정도로 해설을 하는 것은 오버라는 생각이 들었다.

"안주열 선수가 독하게 마음을 먹고 경기에 나선 것이 오늘 호투의 가장 큰 이유라는 뜻이군요. 어떻게 보세요? 퍼펙트게임 가능하겠습니까?"

"글쎄요. 퍼펙트게임이란 대기록 달성이 워낙 어려운 것이라. 9회 2사 상황에서도 안타를 허용해서 대기록 수립이 깨지는 경우도 다반사거든요."

"어렵다는 말씀이시군요."

"하하. 좀 더 지켜봐야 하지 않겠습니까? 개인적으로는 퍼펙트게임이라는 대기록이 수립되었으면 하는 바람을 갖고 있습니다. 8회 말이나 9회 말 정도에 한 번쯤 고비가 찾아올 것 같은데, 그 고비만 잘 넘기면 퍼펙트게임이 가능할 수도 있을 것 같습니다."

캐스터와 해설자 사이에 오가는 대화를 듣던 지수가 입술을 부풀리며 화면에 집중했다.

"덕수 씨네."

6회 말 2사 상황에서 타석에 들어선 것은 용덕수였다.

캐스터와 해설가는 물론이고, 관중들도 안주열의 호투와 대기록 수립 여부에 집중하고 있는 상황이었다.

그래서 타석에 들어선 용덕수에게는 관심이 거의 없었다.

그렇지만 지수는 달랐다.

"지수 씨가 선물해 주신 홍삼을 먹을 때마다 홈런 팡팡 터뜨리겠습니다."

홍삼을 선물했을 때, 용덕수가 호기롭게 외쳤던 말이었다.

그 약속을 지키고 싶기 때문일까.

타석에 들어서 있는 용덕수의 표정은 무척 비장했다.

"다른 사람 같네!"

중계 화면 속 용덕수를 바라보던 지수가 작게 말했다.

예고 없이 고깃집으로 찾아갔던 그날, 좋아서 어쩔 줄 몰라 하던 용덕수의 모습과 지금 타석에 들어선 용덕수는 마치 다른 사람처럼 느껴질 정도로 달랐다.

"자, 타석에 9번 타자 용덕수 선수가 들어섰습니다. 아까 말씀하셨던 대로 용덕수 선수는 안주열 선수와 맞트레이드가 됐던 두 명의 선수 가운데 한 명이죠. 이번 승부 어떻게 예상하십니까?"

"안주열 선수가 무난히 아웃 카운트를 잡아낼 것 같습니다. 지금 타석에 들어선 용덕수 선수, 몸에 너무 힘이 들어갔어요. 트레이드 상대였던 안주열 선수를 상대로 안타를 때려내야겠다는 의욕이 너무 과한 것 같아요. 의욕이 과하면 독이 되는 법이죠. 아직 경험이 한참 부족해요. 경험이."

캐스터와 해설자 사이에 오가는 대화를 흘러들으며 지수가 작게 말했다.

"약속, 지킬 거죠?"

어차피 닿지 못할 이야기.

그 사실을 알면서도 지수가 입을 뗀 이유는 조금이라도 힘을 주고 싶었기 때문이다.

그때였다.

슈아악!

따악!

묵직한 타격음이 이어폰을 꽂고 있는 지수의 귓속으로 파고들었다.

'넘어갔다!'

배우 활동도 함께하고 있지만, 지수는 가수였다.

게다가 절대 음감이란 칭찬을 자주 들을 정도로 소리에 예민한 편이었다.

최근 들어 야구를 즐겨보면서, 타격음에도 익숙해졌다. 그래서 이 정도 묵직한 타격음이면 홈런이라는 확신이 들었다.

그런 지수의 예상은 틀리지 않았다.

용덕수가 친 타구는 외야 펜스를 훌쩍 넘기고 나서야 떨어졌다.

"홈런… 이네요."

"그러네요."

안주열의 퍼펙트게임 행진이 아깝게 깨졌기 때문일까.

아니면, 자신들의 예측이 완전히 빗나갔기 때문일까.

캐스터와 해설자의 말문이 동시에 막힌 순간, 지수가 양팔을 들어 올렸다.

"와아아!"

양팔을 들어 올린 채 마음껏 기뻐하던 지수가 룸미러를 통해 놀란 표정으로 바라보고 있는 강철민을 발견하고 슬그머니 팔을 내렸다.

"왜 그래? 무슨 일 있어?"

"그게… 아냐."

"괜찮은 거지?"

"응, 괜찮아!"

강철민에게 힘주어 대답한 후, 지수가 다시 야구 중계가 이어지는 스마트폰으로 시선을 던졌다.

*   *   *

"지수 씨가 보고 있다는 생각을 하니까 더 힘이 나네요."

한껏 표정이 밝아졌던 용덕수가 이내 고개를 갸웃했다.

"그런데 형."

"또 왜?"

"아까 제가 타석에 들어가기 전에 실투를 노리라고 충고하셨잖아요?"

"그랬지."

"안주열이 제 타석에서 실투를 던질 거라는 걸 어떻게 아셨어요? 그냥 감이었어요?"

용덕수의 질문을 받은 태식이 고개를 흔들었다.

"감이 아니었어."

"그럼 어떻게 아셨는데요?"

"널 만만하게 봤어."

"누가요? 안주열이요?"

"그래."

"사람 잘못 봤네요. 오늘 저는 평소의 용덕수가 아니거든요."

"응?"

"지수 씨가 선물해 준 홍삼 엑기스 먹고 각성 모드에 돌입한 용덕수거든요. 안주열은 그걸 몰랐던 거죠."

용덕수가 의기양양하게 꺼낸 말을 들은 태식이 픽 웃었다.

아까 태식이 얘기한 것과는 많이 다른 해석이었다.

어쨌든.

안주열이 용덕수에게 실투를 던질 것이라고 태식이 판단한 데는 몇 가지 이유가 있었다.

우선 아까도 밝혔듯이 안주열은 용덕수를 만만히 보았다.

불과 얼마 전까지 1군 경험조차 거의 없었던 육성 선수 출신의 무명 선수.

이것이 용덕수에 대한 안주열의 평가였다.

그래서 조금은 경계심이 풀렸으리라.

두 번째 이유는 안주열의 욕심이었다

독기를 품고 오늘 경기에 나선 안주열은 6회 말 2사 상황까지 퍼펙트게임을 펼쳤다.

자신이 예상했던 것보다 훨씬 더 빼어난 피칭.

퍼펙트게임이란 대기록 수립이 가까워지면서 오히려 안주열 본인도 놀라고 당황했을 터였다.

또, 관중석에서 시작된 대기록 수립에 대한 기대감으로 인한 술렁임은 안주열에게 욕심이 생기게 만들었고.

마지막 이유는 오버 페이스였다.

경기가 시작된 후 지금까지 안주열은 마치 1이닝만 책임지면 되는 마무리 투수처럼 일 구, 일 구 전력투구를 해왔다.

피로를 느끼지 않으면 오히려 이상했다.

여기까지는 어느 정도 예상했던 상황일 터.

그런데 예기치 못한 변수가 생겼다.

바로 퍼펙트게임.

'길어야 7이닝!'

안주열이 예상했던 강판 시점이었다.

원래는 전력투구를 펼치며 딱 7이닝만 최소 실점으로 막은 후 마운드에서 내려갈 계획이었으리라.

그렇지만 퍼펙트게임이란 변수가 생기면서 그 계획은 어그러졌다.

안주열은 퍼펙트게임이란 대기록 수립에 대한 욕심이 생겼으리라.

프로 무대에서 뛰는 투수라면 욕심이 생기는 것이 당연했다. 더구나 안주열은 오늘 경기에 독기를 품고 나선 상황이었다.

그저 강렬한 인상을 남기는 투구를 하고 물러나는 것과, 퍼펙트게임이란 대기록을 수립하는 것과는 분명히 차이가 있었다.

안주열은 자신을 트레이드시키는 결정을 내린 이철승 감독 이하 심원 패롯스 프런트들이 땅을 치고 후회하도록 만들어주고 싶었을 것이었다. 그리고 퍼펙트게임을 완성하기 위해서는 9회 말까지 마운드를 지켜야 했다.

길어야 7이닝에서 9이닝으로.

안주열이 책임져야 하는 이닝이 갑자기 두 이닝이나 늘어난 셈이었다.

'페이스 조절!'

용덕수가 타석에 들어서기 전, 모자를 벗고 이마에 맺힌 땀을 닦던 안주열의 두 눈에는 분명히 대기록 수립에 대한 욕심이 깃들어 있었다.

그 욕심을 확인하고 태식이 떠올린 단어였다.

1군 무대 경험조차 거의 없는 육성 선수 출신의 무명 선수인 데다가 팀의 9번 타자.

타석에 들어선 용덕수를 보며 안주열은 경계심을 늦추었으리라. 그리고 페이스 조절을 하기로 결심한 상황이라, 심원 패롯스의 상위 타선을 본격적으로 상대하기 전에 쉬어 간다는 생각을 가졌으리라.

이것이 안주열이 실투를 던질 거라고 태식이 예상한 이유.

그 예상은 제대로 적중했다.

초구 스트라이크를 잡기 위해 무심코 던진 직구는 제구가 되지 않으며 한가운데 코스로 몰렸다.

태식에게서 미리 언질을 받은 데다가, 지수가 선물한 홍삼엑기스 버프까지 받은 용덕수는 오늘 경기에서 안주열이 던진단 하나의 실투를 흘려보내지 않았다.

'흔들릴 거야!'

태식이 두 눈을 빛내며 그라운드를 주시했다.

따악!

이번에도 태식의 예상은 빗나가지 않았다.

퍼펙트게임이란 대기록을 달성할 기회를 놓쳐 버린 상실감 때문일까.

안주열은 7회 말의 선두 타자인 임현일에게 안타를 허용했다.

3번 타자 최순규를 외야플라이로 처리하며 다시 안정을 찾는가 했지만, 4번 타자 이명기와 풀카운트 승부 끝에 볼넷을 허용했다.

7회 말 1사, 1, 2루.

태식이 오늘 경기 세 번째 타석에 들어섰다.

17. 더블스틸

"투수 교체는… 없어!"

태식이 타석에 들어서기 직전, 마경 스왈로우스의 강상문 감독이 마운드 위로 걸어 올라왔다.

안주열의 투구 수는 88개.

비교적 투구 수 관리를 잘한 편이었다.

태식이 마운드 위에서 글러브로 입을 가린 채 강상문 감독과 대화를 나누고 있는 안주열을 바라보았다.

"이번 이닝까지는 책임지려 할 거야."

안주열의 표정은 비장했다.

승리투수 요건은 이미 갖춘 상황.

그렇지만 안주열이 진짜 노리는 것은 오늘 경기 승리투수가 되는 것이 아니었다.

심원 패롯스를 상대로 완벽한 투구를 해서 이철승 감독과 심원 패롯스 팬들을 후회하게 만들어주고 싶은 것이 진짜 목표였다.

그 목표를 달성하기 위해서는 애초 계획대로 7이닝까지 책임져야 했다.

"나도… 이유가 되겠지!"

태식이 희미한 웃음을 머금었다.

안주열이 지금 시점에 강판당하고 싶지 않아 하는 또 하나의 이유에는 태식의 존재도 분명히 있었다.

자신과 용덕수.

안주열이 트레이드 되던 당시 맞교환된 선수들이었다.

오늘 경기에서 완벽한 투구를 하는 것 못지않게 안주열이 중요하게 여긴 것은 태식과 용덕수와의 승부였다.

"내가 저들보다 훨씬 낫다!"

안주열은 오늘 경기에서 이것을 증명하고 싶어 했다.

그것을 위해서는 태식과 용덕수를 상대하면서 완벽하게 제

압하는 모습을 보였어야 했다. 그러나 안주열은 그 목표를 이루는 데 실패했다.

2타수 무안타.

태식과 두 차례 맞대결에서는 분명히 우세였다.

2타수 1안타.

그렇지만 용덕수에게는 홈런을 허용했다.

퍼펙트게임이라는 대기록을 깨뜨린 뼈아픈 솔로 홈런.

그 홈런을 허용한 탓에 안주열은 무척 실망했으리라.

그래서 더욱 독기를 품고 자신을 상대하겠다는 강한 의지를 피력하고 있으리라.

툭, 툭.

안주열의 의지를 꺾지 못한 탓일까.

강상문 감독이 안주열의 어깨를 두드려 준 후 그대로 마운드에서 걸어 내려갔다. 그리고 더그아웃으로 돌아가는 강상문 감독의 표정은 어두웠다.

'다 좋을 순 없으니까.'

트레이드를 통해 안주열을 영입하면서 수준급 선발투수를 원하던 강상문 감독은 목표를 달성했다. 그리고 마경 스왈로우스에 합류한 안주열의 활약상은 나쁘지 않았다.

오늘까지 두 차례 선발로 등판해서 모두 퀄리티 스타트 이상의 기록을 남기고 있었으니까.

그렇지만 강상문 감독이 환하게 웃지 못하는 이유는 안주열의 고집 때문이었다.

강상문 감독이 추구하는 것은 감독 야구.

그라운드에서 뛰는 선수들을 장기판의 말처럼 활용하는 편이었다. 그렇지만 안주열은 고집이 센 편이었다.

조금 전에 강상문 감독은 분명히 안주열을 강판시킬 계획을 갖고 올라왔었다.

여기까지가 안주열의 한계라고 판단했기 때문이다.

그렇지만 안주열의 뜻은 확고했다.

태식을 상대하고, 애초 계획대로 7이닝까지 던지고 나서 마운드에서 내려오겠다고 고집을 피운 것이다.

"거기까지 내가 신경 쓸 필요는 없지!"

태식이 강상문 감독에게 향해 있던 시선을 거두었다.

이제 태식은 마경 스왈로우스 소속이 아니라, 심원 패롯스 소속이었다.

이전 소속 팀의 문제까지 신경을 쓸 필요는 없었다.

지금은 안주열과의 승부에 집중할 때였다.

'결정구!'

안주열을 노려보던 태식이 두 눈을 빛냈다.

지난 두 차례의 승부.

태식은 안주열의 공을 공략하는 데 실패했다.

'두 타석 모두 수 싸움에서 패했어!'

첫 번째 타석, 태식은 안주열이 빠른 승부를 가져갈 거라고 판단했다. 해서 노 볼 투 스트라이크 상황에서 스트라이크존을 통과하는 직구를 던질 것이라고 판단했지만, 그 계산은 빗나갔다.

안주열은 포크볼을 던져 태식의 헛스윙을 이끌어냈다.

두 번째 타석은 더 완벽하게 당했다.

원 볼 투 스트라이크 상황에서 포크볼이 들어올 것이라 예상했다. 그렇지만 정작 들어온 공은 슬라이더였다.

오늘 경기에서 안주열이 처음으로 던진 슬라이더.

전혀 예상치 못했던 구종이었다. 그리고 지금까지 왜 슬라이더를 사용하지 않았을까 하는 의문이 들 정도로 슬라이더의 궤적은 예리했다.

왼손 타자의 바깥쪽으로 휘어져 나가는 슬라이더에 태식은 배트를 내밀어 볼 엄두도 내지 못하고 루킹 삼진을 당했다.

'날 겨냥했던 거야!'

태식이 쓴웃음을 머금었다.

루킹 삼진을 당하고 난 후, 분한 마음으로 더그아웃으로 돌아갔다. 그리고 더그아웃에서 곰곰이 생각한 끝에 안주열이 자신을 상대로 오늘 경기에서 처음으로 슬라이더를 던진 이유를 알아냈다.

자신과의 승부에서 허를 찌르기 위해서 일부러 미리 슬라이더를 선보이지 않고 아꼈던 것이었다.

'이번엔 다를 거야!'

첫 타석, 그리고 두 번째 타석과는 분명히 상황이 달라졌다.

해서 단단히 각오를 다지고 있던 태식이 벤치에서 나온 작전 지시를 확인하고 두 눈을 살짝 치켜떴다.

'더블스틸?'

벤치에서 나온 작전 지시였다.

그 작전 지시를 확인한 순간, 태식이 이철승 감독을 힐끗 살폈다.

팔짱을 낀 채 감독석에 앉아 있는 이철승 감독은 경기 초반보다는 표정이 많이 편안하게 바뀌어 있었다.

'마음고생이 심했을 거야!'

안주열을 내보내고 태식과 용덕수를 팀에 받아들인 1 : 2 트레이드.

팬들과 프런트의 반대를 무릅쓰고 이 트레이드를 주도했던 것은 이철승 감독이었다. 그로 인해 트레이드 성사가 발표됐을 때, 이철승 감독은 팬들은 물론이고 야구 전문가들로부터 엄청난 비난을 받았다.

물론 지금은 상황이 달라졌다.

트레이드를 통해 심원 패롯스에 새롭게 합류한 태식과 용덕수가 기대 이상의 활약을 펼친 덕분에, 윈윈 트레이드라는 평가와 함께 비난 여론이 많이 줄어들어 있었다.

그렇지만 아직 안심하기에는 일렀다.

언제 다시 비난 여론이 다시 일기 시작할지 몰랐기 때문이다.

해서 이철승 감독의 입장에서도 오늘 경기는 중요했다.

안주열 VS 김태식, 용덕수.

트레이드 대상이었던 선수들이 맞붙는 오늘 경기에서 안주열을 내주고 김태식과 용덕수를 받아들인 자신의 안목이 틀리지 않다는 것을 증명해야 했으니까.

오늘 경기 선발투수로 출전한 안주열이 퍼펙트게임 행진을 하면서 완벽한 투구를 펼칠 때 이철승 감독의 표정이 어두웠던 이유였다.

그러나 용덕수의 솔로 홈런이 터지고, 7회 말에 접어들며 안주열이 흔들리기 시작하자 이철승 감독의 표정은 한층 편해져 있었다.

'확실히 흔든다!'

더블스틸을 지시한 이철승 감독의 의중이 그려졌다.

승부처.

이철승 감독 역시 지금을 승부처라고 판단하고 있었다.

이번 찬스에서 동점 내지 역전을 노리고 있었고, 그 목표를 이루기 위해서 가뜩이나 흔들리고 있는 안주열을 더 흔들어 놓을 심산으로 더블스틸 작전을 꺼내 든 것이었다.

슈아악!

안주열이 던진 초구는 포크볼이었다.

그의 손에서 공이 떠난 순간, 2루 주자와 1루 주자가 동시에 스타트를 끊었다.

허를 찌른 작전.

주자들의 움직임에 당황해서 마음이 조급해진 탓일까.

릴리스 포인트가 평소보다 당겨지면서 포크볼은 바운드를 일으켰다.

툭!

포수가 뒤로 빠뜨리지 않고 간신히 막아내며 앞에 떨어뜨리는 데 성공했지만, 주자들의 진루를 막을 수는 없었다.

1사 주자 2, 3루.

더블스틸 작전이 성공하면서 상황은 또 한 번 변했다.

단타 하나만 때려내도 역전이 가능한 상황으로 바뀐 순간, 태식이 배트를 고쳐 쥐었다.

하아. 하아.

지친 걸까.

마운드 위에서 가쁜 숨을 몰아쉬고 있는 안주열을 보면서 태식이 떠올린 단어는 오버 페이스였다.

안주열의 투구 수는 아직 100개가 넘지 않았다. 그렇지만 경기 초중반에 비해서 구위는 현저히 떨어져 있었다.

1회부터 전력투구를 한 부작용이었다.

그 사실을 안주열도 모를 리 없었다.

'직구는… 없다!'

구위가 눈에 띄게 떨어진 상황에서 직구 승부를 벌이는 것은 무모했다.

원 볼 노 스트라이크.

투수에게 불리한 볼카운트.

1루가 비어 있는 상태였으니 어렵게 승부하다가 거를 가능성도 있었다. 그렇지만 태식은 고개를 흔들었다.

독기를 품고 경기에 나선 안주열이 자신을 상대하지 않고 볼넷으로 거를 리가 없다고 판단했기 때문이다.

'스트라이크를 잡으러 들어온다!'

어떻게든 자신과 승부를 하기로 결심한 상황.

더 불리한 볼카운트에 몰리는 위험을 자초할 리는 없었다.

'슬라이더!'

태식이 수 싸움 끝에 예상한 구종은 슬라이더였다.

잔상!

지난 두 번의 승부에서 태식은 모두 삼진으로 물러났다.

그중에서도 특히 분하고 기억에 남은 것은 두 번째 타석에서 당한 루킹 삼진이었다.

그 루킹 삼진은 태식만이 아니라 안주열의 기억 속에도 강하게 남았을 터였다. 그리고 당시에 태식을 루킹 삼진으로 돌려세웠던 구종은 슬라이더였다.

그런 만큼 가장 자신 있고 기억에 강렬하게 남았던 슬라이더를 던져서 스트라이크를 잡으려 할 가능성이 높았다.

그뿐이 아니었다.

경기 중반부에 접어들며 안주열은 슬라이더를 결정구로 사용하고 있었다. 그가 던지는 슬라이더의 각이 워낙 크고 날카롭기 때문이다.

즉, 현재 안주열이 가장 자신 있는 공은 슬라이더였다.

슈아악!

그때, 안주열이 와인드업을 마치고 공을 뿌렸다.

'밋밋해!'

예상대로 슬라이더였다. 그렇지만 두 번째 타석에서 태식을 루킹 삼진으로 돌려세웠던 슬라이더와는 달랐다.

힘이 떨어진 탓일까.

왼손 타자의 바깥쪽으로 멀리 휘어지면서 떨어지던 슬라이더의 궤적이 아까처럼 날카롭지 않았다.

따악!

태식이 망설이지 않고 배트를 휘둘렀다.

바깥쪽 높은 코스로 형성된 슬라이더는 태식이 휘두른 배트 중앙에 걸렸다.

우중간 코스를 반으로 갈라놓는 타구.

느긋하게 2루 베이스에 도착한 태식이 관중석을 살폈다.

와아!

와아아!

줄곧 끌려가던 경기를 뒤집는 역전 적시타가 터진 순간, 심원 패롯스 홈 팬들이 기립한 채 열렬히 환호를 보내고 있었다.

'마음을 얻는 데… 성공했다!'

태식의 입가로 희미한 웃음이 머금어졌다.

이번 적시타로 홈 팬들을 자신의 편으로 만드는 데 성공했다는 확신이 들었다.

그런 태식의 시선이 안주열에게 향했다.

바르르.

고개를 떨구고 있는 안주열의 꽉 움켜쥔 주먹이 떨리는 것이 보였다.

스스로에게 실망했으리라.

또, 무척 분하리라.

다시 마운드를 방문한 강상문 감독에게 공을 건네고 마운드에서 걸어 내려가는 안주열의 지금 심정이 어떨지 짐작이 갔다.

가쁜 숨을 몰아쉬면서 마운드를 내려가던 안주열이 고개를 돌렸다.

태식과 마주친 안주열의 눈빛은 억울함이 가득 차 있었다.

"잘… 했다!"

태식이 작게 말했다.

어차피 닿지 못할 이야기.

그렇지만 이 말은 진심이었다.

"억울하겠지만… 그게 투수의 숙명이다."

투수와 타자는 달랐다.

3타수 1안타.

안주열과 상대한 태식이 남긴 기록이었다.

6회 말 2사 상황까지 퍼펙트게임 행진을 이어나갔을 정도로 안주열은 호투했고, 태식을 상대로도 삼진을 두 개나 뽑아냈다.

오늘 경기에서 안주열은 태식에게 단 하나의 안타만 허용한 것이 다였다.

그렇지만 그 안타가 승부를 뒤집는 적시타였다.

10번의 타석에서 3번만 안타를 때려도 좋은 타자라고 불리웠고, 태식은 오늘 경기에서 그것을 증명했다.

안주열의 입장에서는 분명히 억울한 면이 존재하겠지만, 이것이 야구이자, 투수의 숙명이었다.

안주열에게 향해 있던 시선을 거두며 태식이 더그아웃 쪽으로 고개를 돌렸다.

용덕수, 그리고 태식.

트레이드를 통해 자신이 영입한 두 선수가 오늘 보인 활약에 고무된 걸까.

이철승 감독의 표정이 상기되어 있는 것이 보였다.

그 상기된 얼굴을 확인한 태식이 혼잣말을 꺼냈다.

"이대로 끝나면 좋겠군."

18. 오지랖

딱!

높이 솟구친 타구는 내야를 벗어나지 못했다.

포구 지점에 일찌감치 도착한 태식이 내야 높이 뜬 타구를 잡아내면서, 3연전 첫 경기는 끝이 났다.

최종 스코어 3 : 2.

아까 바랐던 대로 태식이 때린 적시타가 결승 타점이 되면서 경기가 종료됐다.

팀원들과 하이파이브를 나눈 태식이 더그아웃으로 돌아가는 대신, 원정 팀 더그아웃 쪽을 살폈다.

이미 대부분의 선수들이 더그아웃을 떠난 상태였다. 그렇지만 어깨에 아이싱을 하고 있는 안주열은 더그아웃에 남아 있었다.

분하고 아쉬운 마음이 커서일까.

우두커니 더그아웃에 앉아 있는 안주열의 표정은 침통했다.

그런 안주열에게 먼저 다가가서 위로의 말을 건네는 마경 스왈로우스 팀원들은 없었다. 애써 안주열과 시선이 마주치지 않도록 신경 쓰면서 재빨리 짐을 챙겨 더그아웃을 빠져나가기 바빴다.

'어떻게 할까?'

태식이 망설였다.

안주열도 어엿한 성인이자, 프로 선수였다.

자기 앞가림은 자기가 하는 것이 맞았다. 그러니 그냥 모른 척 외면하고 돌아가는 게 당연했다.

그런데 걸음이 쉽게 떨어지지 않았다. 그 이유는 태식도 여러 차례 트레이드를 경험했기 때문이다.

'위험해!'

지금 안주열의 모습은 위태롭게 느껴졌다.

꼭 예전 태식의 모습처럼.

이 시기를 어떻게 넘기느냐에 따라서 안주열의 남은 선수

인생이 백팔십도 달라질 것임을 태식은 알고 있었다.

'오지랖이 아닐까?'

그럼에도 태식이 망설이는 이유는 지금 자신이 나서서 도움의 손길을 내밀어주는 것이 과연 옳은가에 대한 확신이 서지 않았기 때문이다.

그때였다.

"베풀면서 살았네. 그래서 복받는 거야. 앞으로도 베풀면서 살아!"

천수암의 점쟁이가 했던 말이 귓가에 되살아났다. 그리고 그 말이 떠오른 순간, 태식의 길었던 망설임도 끝이 났다.

저벅저벅.

태식이 원정 팀 더그아웃 앞으로 걸어가서 안주열을 바라보았다.

뒤늦게 그 시선을 알아챈 안주열과 태식의 시선이 부딪혔다.

트레이드 맞상대였지만, 태식과 안주열은 일면식도 없었다.

그래서일까?

의아한 시선을 던지던 안주열이 자리에서 일어났다.

"뭡니까?"

안주열의 반응은 날이 바싹 서 있었다.

그렇지만 태식은 당황하지 않았다.

이런 반응이 돌아올 것을 어느 정도 예상했기 때문이다.

"꼭 해주고 싶은 얘기가 있어서 찾아왔다."

"어떤 얘기입니까?"

"오늘, 잘 던졌다."

태식이 입을 뗀 순간, 안주열의 표정이 일그러졌다.

7회 말에 태식에게 허용한 적시타로 인해 오늘 경기의 패전
투수가 된 안주열이었다. 그러니 방금 태식이 던질 말이 자신
을 조롱하는 것처럼 느껴졌으리라.

"지금 뭐 하자는 겁니까?"

"말 그대로 칭찬을 한 거야."

"불난 집에 기름을 붓는 것도 아니고……."

"적어도 나보다는 훨씬 나았어."

"……?"

"난 훨씬 더 형편없었거든."

쓴웃음을 머금은 채 태식이 말을 마친 순간, 안주열의 눈동
자가 흔들렸다.

태식의 진심이 전해졌기 때문이다.

"분하지?"

"……."

"억울하지?"

"……."

"나도 그랬다. 감히 날 버린 감독과 프런트들에게 복수하고 싶었지. 그래서 더 이를 악물고 경기에 나섰어. 그리고 어떤 결과가 나왔는지 알아?"

"어떤 결과가… 나왔습니까?"

비로소 흥미를 드러내는 안주열에게 태식이 대답했다.

"부상을 당했다."

중앙 드래곤즈 VS 삼산 치타스.

당시의 경기는 팬들의 주목을 끌지 못했다.

중앙 드래곤즈의 순위는 7위, 삼산 치타스의 순위는 9위.

이미 가을 야구 진출이 무산된 하위권 팀들 간의 맞대결이었기 때문이다.

예상대로 관중석은 1/3도 들어차지 않았다.

그렇지만 적어도 태식에게 만큼은 무척 중요한 경기였다.

불과 얼마 전까지 중앙 드래곤즈 소속이었던 태식은 본인의 의사와 상관없이 일방적으로 트레이드 통보를 받았다.

그렇게 삼산 치타스 소속 선수가 되고 난 후, 처음으로 선발투수로 나서는 경기.

운명의 장난일까.

하필이면 상대가 이전 소속 팀이었던 중앙 드래곤즈였다.

그게 다가 아니었다.

중앙 드래곤즈의 선발투수는 트레이드를 통해서 태식과 유니폼을 바꿔 입었던 이수현이었다.

삼산 치타스가 공들여 키웠던 유망주 투수.

그렇지만 이수현은 끝내 삼산 치타스에서 자신의 기량을 꽃피우지 못했다.

해서 트레이드를 통해서 태식과 유니폼을 바꿔 입은 것이었고.

'고작 가망 없는 유망주와 날 트레이드시키다니!'

당시의 태식은 분노한 상태였다.

선수를 보는 안목이 없는 중앙 드래곤즈 감독과 프런트를 땅을 치며 후회하도록 만들어주고 싶었다.

해서 이를 악물고 전력투구를 했다. 그리고 그날은 속된 말로 공이 긁히는 날이었다.

제구 불안.

좌완 파이어볼러인 태식의 약점으로 늘 지적되던 부분이었다.

그렇지만 단단히 각오를 다진 덕분일까.

그날은 마음먹은 대로 제구가 됐다.

일 구, 일 구.

태식이 혼신의 힘을 다해 던진 140㎞대 후반의 직구는 가운데로 몰리지 않고 몸 쪽과 바깥쪽으로 완벽하게 제구가 됐고, 간간이 섞어 던진 슬라이더와 포크볼의 궤적도 날카롭게 꺾였다.

　7이닝 무실점.

　당시에 태식이 남긴 기록이었다.

　그렇지만 승리투수 요건은 갖추지 못했다.

　중앙 드래곤즈의 선발투수로 나선 이수현도 무실점 호투를 펼쳤기 때문이다.

　7이닝을 마쳤을 당시 태식의 투구 수는 102개.

　투구 수가 아주 많았던 편은 아니었다.

　그렇지만 어깨가 무겁다는 느낌을 받았고, 팔꿈치에서도 간간이 바늘로 찌르는 듯한 통증이 느껴졌다.

　"더 던질 수 있어?"

　당시 삼산 치타스 감독이 물었을 때, 태식은 바로 대답했다.

　"완투도 가능합니다."

　이를 악물고 다시 마운드로 올라갔다.

　무거운 어깨와 팔꿈치의 통증보다 태식을 트레이드시킨 중앙 드래곤즈 감독과 프런트들을 후회하게 만들겠다는 욕심이 컸다.

　또, 트레이드 상대였던 이수현과의 맞대결에서 지고 싶지 않았다.

슈아악!

"아악!

8회 말 1사 1, 2루의 위기 상황에서 118개째 공을 던진 태식의 악다문 잇새를 비집고 비명이 새어 나왔다.

'멍청했어!'

과욕이었다.

"완투도 가능합니다."

이 대답을 꺼냈던 것은 멍청하기 짝이 없는 짓이었다.

"더는 못 던지겠습니다."

이 대답이 당시의 태식이 했어야 했던 대답이었다.

그러나 태식은 끝내 욕심을 비우는 데 실패했고, 과한 욕심을 부린 대가로 팔꿈치 부상을 당했다.

그 후, 트레이드 당사자였던 태식과 이수현의 운명은 극명하게 나뉘었다.

그 경기에서 완봉승을 거두며 선발투수로서 가능성은 인정받은 이수현은 중앙 드래곤즈 선발진의 한 축을 꿰찼다.

그 후로, 매 시즌 꾸준히 10승 가까이 거두면서 활약하며 FA 시장에서 대박 계약을 터뜨렸다.

반면 태식은 수술대에 올랐다.

수술과 긴 재활을 마치고 다시 그라운드로 돌아왔지만, 태식이 뛸 자리는 삼산 치타스에 남아 있지 않았다.

그 부상으로 인해 기회를 놓쳐 버린 태식은 또 한 번 트레이드로 삼산 치타스를 떠날 수밖에 없었다.

＊　　　　＊　　　　＊

"왜 제게 이런 말씀을 하시는 겁니까?"

태식의 얘기가 끝났을 때, 안주열이 질문을 던졌다.

그런 안주열의 목소리는 처음에 비해 한결 누그러져 있었다.

"걱정이 됐거든."

"걱정이요?"

"그래. 네가 걱정이 됐어."

"……?"

"내 전철을 밟을까 봐."

태식이 대답하자, 안주열의 표정이 굳어졌다.

"제가 선배처럼 저니맨이 될 수도 있다는 뜻입니까?"

"가능성이 없진 않아."

"하지만 저는……."

상기된 표정의 안주열이 말을 꺼내던 도중에 입을 다물었다. 그렇지만 태식은 그가 방금 하려고 했던 말이 무엇인지 짐작할 수 있었다.

"하지만 저는 선배와 다릅니다. 저는 선배보다 훨씬 더 실력이 있고, 마경 스왈로우스에서 인정받고 있습니다."

이게 원래 안주열이 하려던 말이었다.

틀린 말은 아니었다.

당시의 태식에 비해서 안주열은 실력을 인정받고 있었다.

또, 새로이 옮긴 팀인 마경 스왈로우스에서의 입지도 탄탄한 편이었고.

그러나 인생은 한 치 앞도 알 수 없는 것이었다.

탄탄해 보이는 팀 내 입지는 언제든지 흔들릴 수 있는 법이었다.

멀리서 예를 찾을 것도 없었다.

김대희!

심원 패롯스의 프랜차이즈 스타로 FA 대박 계약을 체결하면서 주전 3루수 자리를 확고히 했던 김대희의 현재 팀 내 입지는 예전과 달랐다.

트레이드를 통해 새로이 심원 패롯스에 합류한 태식에게 주전 3루수 자리를 위협받고 있었고, 팬들에게서도 먹튀라는 비난과 조롱을 듣고 있었다.

김대희의 입지가 흔들린 것은 부진이 길어졌기 때문이다. 그리고 김대희가 겪는 부진의 근본 원인은 부상이었다.

"부상을 당하지 않도록 조심해."

"그건 제가 알아서⋯⋯."

"부상을 당하지 않도록 알아서 조심하겠다? 내가 봐선 아닌 것 같은데."

"네?"

"오늘처럼 던지면 부상당할 확률이 높아. 마운드에서 공을 던지는 네가 누구보다 잘 알 거 아냐?"

"⋯⋯."

"그렇게 부상을 당하고 나면 자연스레 내 전철을 밟게 될 거고."

정곡을 찔린 탓일까.

안주열의 말문이 막힌 순간, 태식이 덧붙였다.

"마음가짐이야."

"네?"

"마음가짐의 차이가 운명을 바꿔놓았어."

"무슨 뜻입니까?"

의아한 시선을 던지는 안주열에게 태식이 대답했다.

"후회하게 만들어주고 싶었어. 당시의 나는 날 버린 감독과 프런트에게 그게 틀린 선택이었다는 것을 증명하고 싶었어. 지금의 너처럼."

"……."

"그렇지만 이수현은 마음가짐이 달랐어. 당시의 트레이드를 기회라고 생각했어. 비록 삼산 치타스에서는 내 가치를 입증하진 못해 주전 자리를 꿰차지 못했지만, 팀 내 사정이 다른 중앙 드래곤즈는 다를 것이다. 트레이드를 통해서 날 영입한 것에는 분명히 이유가 있을 거다. 이 기회를 놓치지 말자. 이 마음가짐의 차이가 그 후 이수현과 나의 운명을 가른 결정적인 요인이었지."

여기까지가 태식이 할 수 있는 것이었다.

진심을 담아 건넨 이 조언을 받아들이는가 여부는 안주열의 몫이었다.

해서 태식이 몸을 돌려 맞은편 더그아웃으로 향할 때였다.

"선배님!"

등 뒤에서 안주열이 불렀다.

태식이 고개를 돌린 순간, 안주열이 고개를 숙여 인사하며 말했다.

"충고, 감사합니다."

*　　　　*　　　　*

고급 일식집 룸 안.

"한잔 받으시죠."

강만호가 술병을 들며 권했다.

쪼르륵.

가득 채워진 술잔을 단숨에 비우고 나서 상 위에 내려놓은 김대희가 젓가락을 들었다가 그냥 내려놓았다.

주방장이 최고급 재료로 만들어낸 회와 초밥, 일식 요리들이 마음에 들지 않아서가 아니었다.

그냥 입맛이 없었다.

"왜 안 드세요?"

두툼한 도미회를 집어 입속에 넣고 우물우물 씹던 강만호가 의아한 시선을 던지며 물었다.

"그냥 생각이 없네."

"무슨 고민 있으세요?"

"그게……."

김대희가 술병을 들어 빈 잔을 채우고 다시 마신 후 잠시 멈추었던 말을 이었다.

"반짝이 아닌 것 같다."

"뭐가요?"

"김태식과 용덕수 말이야. 반짝 활약하고 끝날 것 같지 않다고."

김대희가 한숨을 내쉬며 말했다.

7승 1패.

오늘 경기까지 승리를 거두며 김태식과 용덕수가 팀에 합류한 후 심원 패롯스는 7승 1패의 호성적을 거두었다. 게다가 지난 경기들과 마찬가지로, 오늘 경기에서도 용덕수와 김태식의 활약은 눈부셨다.

심원 패롯스가 오늘 경기에서 올린 3득점에 두 선수가 모두 직접적으로 관여하면서, 승리를 견인했다. 그리고 김태식의 활약이 두드러질수록, 김대희의 팀 내 입지는 더욱 불안해지고 있었다.

"너무 초조해하시는 것 아닙니까?"

"응?"

"두 선수가 트레이드로 팀에 합류해서 치른 경기가 아직 채 10경기도 되지 않습니다. 좀 더 느긋하게 기다리다 보면……."

"그럴 여유가 없어."

"……?"

"이제는 플래툰도 가동하지 않아."

19. 야구는 인생의 축소판

김대희의 한숨이 깊어졌다.

오늘 경기를 앞두고 선발 출전을 예상했다. 마경 스왈로우스의 선발투수가 좌완 투수인 안주열이었기 때문이다.

플래툰 시스템을 가동하고 있는 이철승 감독이 좌타자인 김태식이 아니라, 우타자인 자신을 선발 라인업에 올릴 것이라 판단했는데.

그 예상은 빗나갔다.

이철승 감독은 자신이 아니라 김태식을 선발 출전시켰다.

자신의 이름이 제외되어 있는 선발 라인업 명단을 확인한 순간, 김대회는 눈앞이 하얘지는 느낌을 받았다.

선발 라인업에서 제외된 채 더그아웃에서 경기를 지켜보던 김대회는 속으로 빌었다.

자신을 밀어내고 주전 3루수로 경기에 출전한 김태식이 부진하기를.

그래서 이철승 감독의 선택이 틀렸다는 것이 증명되기를.

하지만 그 기도는 통하지 않았다.

3타수 1안타.

일견하기에는 평범한 성적이었다.

그렇지만 김태식이 때린 1안타는 줄곧 뒤지던 경기를 뒤집은 2타점 적시타이자, 오늘 경기의 결승 타점으로 연결됐다.

"곤란하게 됐다!"

술병을 들어 빈 잔을 채우며 김대회가 말했다.

김태식의 예상 이상의 활약이 다가 아니었다.

이철승 감독의 마음은 완전히 돌아서 있었고, 자신에게 향하고 있는 홈 팬들의 마음도 싸늘하게 식어 있었다.

사면초가.

아무리 둘러보아도 딱히 해결책이 보이지 않았다.

'어쩌다가⋯ 이렇게 됐지?'

프로 선수가 된 후 김대회의 인생은 탄탄대로였다.

입단 첫 해부터 주전을 꿰찼고, 심원 패롯스의 프랜차이즈

스타로 성장하며, 작년 FA 대박 계약으로 야구 인생의 방점을
찍었다.

앞으로 남은 야구 인생도 장밋빛 미래가 펼쳐져 있을 거라
고 막연히 생각했는데.

예기치 못한 암운이 다가와 있었다.

"한잔 더 해."

상념에 잠겨 있던 김대희가 술병을 들며 강만호에게 술을
권했다.

"전 그만하겠습니다."

"왜?"

손을 들어 술잔을 막고 있는 강만호에게 김대희가 의아한
시선을 던졌다.

평소 강만호는 술을 즐기는 편이었다.

해서 시즌 중에도 둘이서 자주 술을 마시는 편이었고.

그런데 오늘 강만호는 평소 주량에 한참 미치지 못하게 술
을 마셨음에도 그만 마시겠다고 말하고 있었다.

"그라운드에서 술 냄새 풍기기 싫어서요."

"그라운드… 라니?"

"저, 내일 경기에 출전합니다."

"그게 무슨 소리야?"

이건 금시초문이었다.

강만호는 아직 부상에서 완쾌되지 않은 상황.

해서 실전 경기에 나서려면 시간이 더 걸릴 것이라고 생각하고 있었는데.

"저도 불안해서요."

"불안하다니?"

"오늘 덕수가 홈런 날렸잖아요. 계속 뭉그적대다가 자칫 잘못하면 주전 포수 자리 뺏길 것 같아서 불안하더라고요."

"그치만… 아직 부상에서 완쾌하지 않았잖아?"

"거의 나았습니다. 통증이 좀 있긴 하지만, 참고 뛸 만합니다."

"그래도 부상에서 완쾌하고 나서……."

무리할 필요 없다.

부상이 재발할 우려가 있으니 부상에서 완쾌하고 나서 실전 경기에 나서는 것이 좋지 않겠느냐?

원래 김대희가 하려던 말이었다.

그렇지만 김대희는 도중에 입을 다물었다.

강만호의 두 눈에 떠올라 있는 초조한 감정을 읽었기 때문이다.

"선배님."

"응?"

"그러지 않으려고 해도… 저도 자꾸 초조해지네요."

강만호가 솔직한 속내를 드러내며 한마디를 덧붙였다.

"정신 똑바로 차려야겠어요."

$$* \qquad * \qquad *$$

"잘했다, 김태식!"

경기를 마치고 숙소로 돌아온 태식이 환하게 웃었다.

오늘 경기는 여러모로 의미가 있었다.

우선 트레이드를 통해서 심원 패롯스로 이적한 후, 처음으로 세운 목표를 이루었다.

바로 심원 패롯스 홈 팬들을 내 편으로 만든 것이었다.

와아!

와아아!

태식이 적시타를 때려낸 순간, 환호하던 홈 팬들의 모습이 눈앞에 떠오른 순간 태식의 입가로 미소가 머금어졌다.

또 하나의 성과는 팀이 조금 더 단단해졌다는 것이었다.

외부에서 보는 것과 직접 안으로 들어와서 보는 것은 달랐다.

심원 패롯스 선수가 되고 나서 지켜보니, 외부에서는 보이지 않던 것들이 보이기 시작했다.

투타의 불균형.

태식이 느낀 심원 패롯스의 문제였다.

리그에서 수위를 다툰다고 평가받을 정도로 막강한 선발진을 구축하고 있었지만, 심원 패롯스의 성적은 좋지 않았다.

또, 매 경기 호투를 펼쳤음에도 선발투수들의 승 수도 많이 쌓이지 못했다.

그 이유는 심원 패롯스 타선의 득점력이 워낙 빈곤했기 때문이다.

이로 인해 은연중에 심원 패롯스 투수들과 야수들 사이에 불신과 불만이 쌓인 상황이었는데.

트레이드를 통해 태식과 용덕수가 심원 패롯스에 새로이 합류한 후에는 상황이 많이 변했다.

태식과 용덕수가 팀이 가장 필요로 하는 순간에 적시타를 터뜨리면서 득점력이 상승했고, 투수들의 승 수가 쌓이기 시작했다. 그리고 자연스레 심원 패롯스의 성적도 상승세를 타면서 팀이 단단해지고 있었다.

마지막 성과는 장래가 촉망받는 투수인 안주열을 부상 위험에서 구해낸 것이었다.

예전의 자신처럼 안주열은 위태롭게 느껴졌다.

트레이드를 당한 것에 불만을 품고 계속 과욕을 부리다가는 예전 태식처럼 부상을 당해서 선수 인생을 망칠 가능성이 높았다.

그것이 마음에 걸렸던 태식은 진심을 담아서 안주열에게
충고했다.

　"선배님. 충고, 감사합니다."

　다행히 그 진심은 통했다.

　안주열은 태식이 건넸던 충고에 귀를 기울였고, 이번 일을
계기로 그의 야구 인생은 또 달라지리라.

　[멋진 적시타였어요. 중계를 보다가 저도 모르게 꺅 소리를
질렀답니다.]

　태식의 입가에 머물러 있던 미소는 폴더폰에 도착해 있는
문자를 확인하고 나서 더욱 짙어졌다.

　문자를 보낸 것은 지수였다.

　"진짜 경기를 봤구나."

　그 문자를 확인한 태식이 희미하게 고개를 끄덕였다.

　"앞으로 빼놓지 않고 경기를 보면서 응원할게요."

　얼마 전 고기 파티에서 용덕수가 화장실을 간 사이, 지수가
했던 말이었다.

　당시에는 예의상 한 말일 수도 있다고 생각했다.

그래서 반신반의했었는데.

지수가 이 문자를 보낸 것이 그냥 예의상 했던 말이 아니라는 증거였다.

잠시 고민하던 태식이 답장을 보냈다.

[고마워요. 지수 씨가 응원해 준 덕분이었어요.]

띠링.

잠시 뒤, 문자가 다시 도착했다.

[정말 제 응원이 도움이 됐나요?]

[그럼요. 저뿐만 아니라 덕수에게도 큰 힘이 됐답니다. 덕수가 홈런 친 것, 지수 씨도 보셨죠?]

[네, 하나도 빼놓지 않고 다 봤습니다. 참, 덕수 씨에게 약속 지켜서 감사하다고 전해주세요^^]

지수의 부탁대로 감사의 말을 전해주기 위해서 태식이 고개를 돌렸다가 자신을 빤히 바라보는 용덕수와 시선이 부딪혔다.

"누구와 문자를 주고받기에 그렇게 즐거우세요?"

"너도 아는 사람."

"누구요?"

"지수."

"지수 씨와 문자를 주고받고 있었다고요?"

침대에 비스듬히 등을 기대고 있던 용덕수가 퉁기듯이 벌떡 일어나며 물었다.

"지수 씨 전화번호를 어떻게 아셨어요?"

"그날 연락처를 주고받았어."

"언제요?"

"지수 씨가 시구하던 날."

"그런 말씀 안 하셨잖아요."

"응?"

"지난번에 제가 물어봤을 때 두 분이서 연락처를 교환하셨다는 말씀은 분명히 안 하셨거든요."

"아, 그거!"

원 포인트 코칭이 끝나고 나서 잠시 둘만 있었을 때, 대체 무슨 대화를 나누었느냐고 용덕수가 집요하게 캐물었던 적이 있었다. 그리고 당시에 태식이 서로 연락처를 교환했다는 사실을 말하지 않았던 것은 고의가 아니었다.

말 그대로 깜박했던 것이었다.

"그땐 생각이 안 났어."

"생각이 안 났다고요?"

"그래. 그리 중요한 얘기도 아니라고 생각했고."

태식이 대수롭지 않게 말했지만, 용덕수는 펄쩍 뛸 듯한 기세로 말했다.

"그게 왜 안 중요합니까? 제일 중요한 얘기구만."

"그게 그렇게 중요해?"

"그럼요. 도레미 퍼블릭의 리더인 지수 씨와 연락처를 교환하고 문자까지 주고받는 건 아무나 할 수 있는 일이 아닙니다."

"그게 그렇게 대단한 일이야?"

태식이 어깨를 으쓱하며 말했다.

용덕수의 열변을 듣기 전까지만 해도 대수롭지 않게 여겼는데, 방금 이 이야기를 듣고 나니 조금 생각이 달라지긴 했다.

"그나저나 문자로 무슨 얘기를 주고받으신 겁니까?"

용덕수가 호기심을 이기지 못하고 질문한 순간, 태식이 웃으며 대답했다.

"네 얘기."

"제 얘기요?"

"그래."

"지수 씨가 뭐라고 했는데요?"

"약속 지켜줘서 고맙대."

그 말을 들은 용덕수가 콧김을 거칠게 내뿜었다.

"저 용덕수. 한 번 약속한 것은 꼭 지키는 남자입니다."

호기롭게 소리쳤던 용덕수의 낯빛이 이내 다시 어두워졌다.

그것을 확인한 태식이 의아한 시선을 던졌다.

용덕수는 타고난 성격이 낙천적인 편이었다. 그리고 최근의 용덕수는 꿈에 그리던 1군 무대에 진입한 걸로 모자라, 매 경기 주전으로 나서고 있었다.

'왜?'

태식이 생각하기에는 용덕수의 낯빛이 어두울 이유가 없었다.

'혹시 집에 무슨 일이 있는 건가?'

어둡게 낯빛이 변한 용덕수에게 태식이 참지 못하고 질문했다.

"무슨 일 있어? 왜 그렇게 낯빛이 어두워?"

"그게……."

"무슨 일인데 그래?"

"앞으로 경기에 나서지 못할 것 같아요."

용덕수가 한숨을 내쉬며 꺼낸 대답을 들은 태식이 의아한 시선을 던졌다.

최철우를 대신해서 주전 포수 마스크를 쓰고 있는 용덕수의 활약은 준수한 편이었다. 수비에서도 큰 실책을 저지르지 않고 경기를 안정적으로 이끌었고, 타석에서도 맹활약을 하고 있었다.

그런데 갑자기 왜 경기에 나서지 못한단 말인가?

"왜 그렇게 생각해?"

"만호 선배가 복귀한답니다."

"만호가 복귀한다고?"

"네."

이건 금시초문이었다.

태식이 알기로 강만호는 부상에서 완쾌된 상황이 아니었다.

그런데 왜 벌써 복귀한단 말인가?

"확실해?"

"확실합니다. 만호 선배한테 직접 들었거든요."

"하지만……."

"감독님도 절 불러서 넌지시 언질을 주시더라고요."

태식이 냉장고에서 생수를 꺼내 한 모금 마셨다.

"저도 주세요. 목이 자꾸 타네요."

꿀꺽꿀꺽.

용덕수는 태식이 건넨 생수병을 입에 갖다 대더니 단숨에 비워 버렸다.

태식은 그런 용덕수를 탓할 생각도 하지 못했다.

예상치 못했던 강만호의 이른 복귀.

용덕수가 목이 타는 것은 어쩌면 당연한 일이었다.

"이제 전 어쩌죠?"

용덕수가 풀 죽은 목소리로 꺼낸 질문.

태식도 한숨을 내쉬었다.

리그 최고의 공격형 포수 중 한 명으로 손꼽히는 강만호는 용덕수가 넘기 어려운 벽이라는 사실을 부인할 수 없었다.

"아무래도 실수였던 것 같아요."

용덕수가 덧붙인 말을 들은 태식이 되물었다.

"뭐가?"

"트레이드를 통해 심원 패롯스로 팀을 옮긴 것이요."

"……."

"만호 선배가 복귀하면 제 자리는 없을 테니까요."

용덕수가 덧붙인 말을 들은 태식의 표정이 굳어졌다.

"날 원망하는 거야?"

가능성은 충분했다.

용덕수를 이용해서 트레이드를 주도했고, 결국 트레이드를 성공시켜 심원 패롯스로 팀을 옮기게 되는데 결정적인 역할을 한 것은 태식이었으니까.

그래서 태식이 유심히 살폈지만, 용덕수의 두 눈에 원망의 빛은 떠올라 있지 않았다.

"그건 아닙니다. 어차피 같은 조건이었으니까요. 아니, 저보다 형이 더 어려운 상황이었다는 걸 저도 압니다."

김대희와 강만호.

심원 패롯스 팀에 새로이 합류했던 태식과 용덕수의 잠재적 포지션 라이벌들이었다.

심원 패롯스의 프랜차이즈 스타라는 점과 홈 팬들의 든든한 지지를 받고 있다는 것이 두 선수의 공통점이었다.

그렇지만 차이점도 있었다.

김대희는 고질적인 손목 부상에서 거의 회복해서 경기에 나서고 있었던 반면, 강만호는 부상이 완쾌되지 않아 결장 중이었다.

그래서 용덕수가 태식이 더 어려운 상황이었다고 말한 것이었고.

"다만… 아쉬워요."

"뭐가 아쉽다는 거야?"

"제가 활약할 수 있는 시간이 더 주어졌으면 좋았을 걸 하는 아쉬움이 드는 것은 어쩔 수가 없네요."

용덕수의 대답을 들은 태식이 희미하게 고개를 끄덕였다.

아쉬운 마음이 드는 것은 태식도 마찬가지였다.

심원 패롯스로 팀을 옮긴 후 주전 포수로 나서고 있는 용덕수의 활약은 좋았다.

만약 조금만 더 시간이 주어졌다면, 홈 팬들에게 더 강한 인상을 남길 수 있었으리라.

그리고 그때는 잠재적 포지션 라이벌인 강만호와의 주전 경쟁 구도도 조금은 달라졌을 터인데.

그러나 태식은 이내 고개를 흔들었다.

"덕수야."

"네!"

"이미 예상했던 일이야."

"······?"

"만호의 존재를 모르고 이적을 한 것은 아니었잖아."

"그건 그렇지만······."

"포기하긴 일러. 야구와 인생은 비슷한 측면이 있으니까."

─야구는 인생의 축소판이다.

유명한 해설자가 즐겨 사용하던 표현이었다. 그리고 태식도
이 표현에 공감했다.

치열한 경쟁을 뚫어야만 프로 선수가 될 수 있고, 프로 선
수가 된 후에도 주전이 되는 길은 험난했다.

그뿐인가.

과정이 좋다고 해서 결과가 꼭 좋은 것이 아니었다.

어이없는 실책으로 경기에서 패하기도 하고, 예상치 못했던
부상에 발목이 잡힐 때도 있었다.

그리고.

야구는 9회 말 투아웃부터 시작이란 말은 괜히 생긴 것이
아니었다.

끝까지 포기하지 않으면 언제든지 예상외의 승부와 결과가 만들어지는 것이 바로 야구였다.

"일전에 네 입으로 말했잖아."

"네?"

"사람 앞일은 한 치도 모르는 거라고. 앞으로 어떤 일이 벌어질지는 아무도 몰라."

조금 위로가 된 걸까.

용덕수의 표정이 살짝 밝아졌을 때였다.

띠링.

다시 문자가 도착했다.

폴더폰에 도착한 지수가 보낸 문자를 확인한 태식이 두 눈을 빛냈다.

『저니맨 김태식』 4권에 계속…